有你的明天

Tomorrow With You

如果可以，
我想要成為他期待明天的理由。

雨菓

楔子

輕快的古典音樂旋律、令人打哆嗦的低溫空調、瀰漫在屋內的濃厚酒味……

看著倒在地上昏迷不醒的陌生男子，灑落一地的玻璃碎片，還有他身邊不知是紅酒還是鮮血的紅色液體，一陣暈眩驟然朝我襲來，雙腿差點站不穩。

原本我只是瞥見鄰居的大門沒關好，想說剛搬來、可以順道打聲招呼，沒想到會撞見這樣的場景。

「先生！」

回過神後，我快速朝他跑去，手忙腳亂地拍著他的身軀，他卻沒有反應。我探了探他的鼻尖，確認他還有呼吸，接著注意到他左腕上有一道傷口正持續冒出鮮血。

見狀，我連忙脫下外套，一隻手壓住傷口處試圖止血，另一隻手從口袋掏出手機撥打一一九，聲音不受控制地顫抖，「喂，我、我需要一臺救護車……」

看著眼前失去意識的男人，我在內心拚命反覆祈禱——

拜託，不要死。

Chapter 1

「卓琳……」

「卓琳，起來了。」

「韓卓琳！」

被這麼一吼，我猛然睜開雙眼，整個人從椅子上跳起來，「怎麼了？他還好嗎？死了嗎？」

「誰死了？」Vivi一臉納悶，上下打量過我，咕噥了句：「一大早這副樣子，我看是我差點被妳嚇死。」

低頭一看，身上的白色上衣在昨晚的一片混亂中不小心沾到幾滴血，加上我一早直接從醫院趕過來，沒化妝也沒整理儀容，的確有些狼狽。

「不過說真的，妳沒事吧？從昨天晚上就找不到妳人。」Vivi眼中多了些擔心，「妳說妳最近忙著搬家，發生了什麼事嗎？」

「我沒事……」我搖頭，忍不住打了一個哈欠。

這個故事太荒唐，倘若要解釋，一時也不知道該從哪裡說起。

搬到新家的頭一晚碰上隔壁鄰居企圖自殺，還被救護人員當作家屬拉上救護車，就這樣莫名其妙在急診室陪了陌生鄰居一整晚，而我連他的名字都不知道。

要不是清晨被Vivi的連環Call吵醒，我根本忘了今天有工作。

「妳沒事就好。」Vivi沒有繼續追問，只是皺著眉催促：「離拍攝還有一個小時，妳快去準備吧。」

「孫娜娜到了嗎？」我又打了一個哈欠，「她如果到了，可以請她先化妝嗎？我想稍微睡一會。」

今天拍的是飲料公司的廣告，由我和號稱「性感女神」的模特兒孫娜娜搭擋。

孫娜娜在出道前就是個小有名氣的網紅，以火辣的身材和高調的作風在網路上圈了大批男性粉絲，後來跟娛樂公司簽約，除了發行多本寫眞集外，也有參與一些戲劇演出。雖然她的演技在網路上受到許多質疑，不過這些負評卻神奇地完全沒影響到她的戲劇發展。今年她甚至接下偶像劇女主角的重任，正式踏上演員之路。

這是我第一次跟孫娜娜合作。

我和孫娜娜的形象風格截然不同，幾乎不會接到同樣的工作，因此當我得知這次廣告要跟她合作時，驚訝之餘，也很好奇這樣的組合是否會迸出意外的火花。

「她昨天在南部拍戲，現在還在回臺北的路上，所以導演請妳先去化妝，今天還有其他臨演，他們怕化妝師忙不過來。」Vivi回道。

「好吧。」我小聲嘆了口氣，從椅子上起身。

「對了。」Vivi又叫住我，「等會公司還有會議，我可能沒辦法陪妳拍完，妳結束後自己回家沒問題吧？」

「嗯。」我對她做了一個OK的手勢，朝化妝區走去。

聽見我的腳步聲，其中一名化妝師抬起頭，與我對上眼。下一秒，我們同時興奮地喊出對方的名字。

「小瑜！」

「卓琳！」

我快步上前擁抱她，「妳怎麼在這？」

「原本的化妝師突然生病，臨時請我代替她，沒想到會在這見到妳！」她開心地拉著我的手。

小瑜是我上一部電影《好想你》劇組的化妝師。當時電影拍攝時長四個多月，我跟小瑜年齡相仿，都是學生時期就出來工作，加上她性格活潑開朗，一聊就很投緣，便成爲了朋友。

「最近還好嗎？」小瑜問道：「快一年沒見過妳了，妳這陣子都在忙什麼？拍戲嗎？」

「其實前幾個月我幾乎沒有接什麼工作，因爲……」我欲言又止，最後笑著輕鬆帶過，「想休息一下。」

「也是。」小瑜沒有察覺我的異樣，只是點點頭，「妳之前的行程滿到誇張，我都不知道妳哪來的時間吃飯睡覺。」

聊了幾句，小瑜便帶我去她的化妝臺坐下，拿出髮夾，把我額前的長瀏海別到一旁。

「咦？」她指向我左邊額角，「妳額頭上一直都有疤嗎？怎麼感覺以前沒看過？」

「喔……」我隨口搪塞道：「那是我小時候貪玩撞到的，平時會用遮瑕膏遮起來，今天急著趕過來，沒時間遮。」

「這樣啊。」小瑜不疑有他，俏皮地眨眼，「別擔心，交給我。」

「拜託妳了。」我雙手合十，淺淺一笑。

趁著小瑜幫我上妝時，我闔上疲憊的雙眼，想藉機補眠，卻不自覺想起那位陌生的鄰居。

「不知道他怎麼樣了……」我低喃道。

根據醫生表示，儘管他手腕上的傷口不深，但由於他同時混合酒精吞食安眠藥，直到我離開急診室前，他都還昏迷不醒。這位陌生鄰居住在高級公寓，理應經濟無虞，而且他年紀輕輕、長得也人模人樣，在感情上也應該無往不利，這樣的人到底是爲了什麼原因想不開？我實在不解。

「誰啊？」大概是聽見我的自言自語，小瑜好奇問：「男朋友？」

「陌生人。」我連他的名字都不知道。

「騙人，是男朋友吧。」小瑜一臉八卦地湊上來，「該不會是申宇天吧？」

聽見這個名字，我身子一震，睜開眼睛，乾笑了幾聲，「才不是，我跟他很久沒聯絡了。」

「真的假的？」小瑜露出惋惜的表情，「當初拍《好想你》的時候，他只要有來片場都跟妳走在一塊，說你們之間什麼都沒有，我才不信！之前週刊不是拍到你們兩個一起去看電影嗎？」

「那是媒體捕風捉影亂寫的。」我急忙搖手，想撇清關係，「我跟他真的一點都不熟。」

正當我思考著如何轉移話題時，門口傳來一陣腳步聲，我抬頭看向鏡子，走進來的是一名高䠷豔麗的女子。她一身奢華名牌服飾，即使戴著太陽眼鏡，也掩蓋不了墨鏡底下高傲的眼神。

「是孫娜娜。」小瑜在我耳邊小聲說。

孫娜娜視線掃過四周，然後朝我的方向走來，一屁股坐在旁邊的空位上。

我注意到跟隨在她身後的熟悉身影，立即向對方打招呼，「小任哥！」

「卓琳？」小任哥臉上多了一絲驚訝，走到我身邊，「感覺好久沒看到妳了，最近還好嗎？」

「我很好，謝謝小任哥的關心。」我禮貌回應，好奇問：「你怎麼會在這裡？」

「啊，跟妳介紹一下，這是我現在帶的藝人，孫娜娜。」小任哥拍了拍孫娜娜的肩膀，「娜娜，這位是韓卓琳，也是今天要跟妳一起拍攝的搭擋。」

小任哥過去是我們公司的經紀人，雖然我和他沒有共同工作過，但他性格健談外向，每次在公司遇上都會聊個幾句。後來他跳槽到別家娛樂公司，沒想到他成了孫娜娜的經紀人，畢竟小任哥在圈內算是大牌，之前在我們公司帶的藝人也都是哥或是姊字輩的，孫娜娜最近人氣不差，但等級上還是有些差別。

「很高興認識妳。」我微笑點頭。

「嗯。」孫娜娜只是淡淡地瞥了我一眼，連太陽眼鏡都沒摘掉。

她的反應令在場所有人一陣尷尬。

儘管孫娜娜年齡比我大，但她出道的時間比我晚了四年，照資歷來說，我算是她的前輩，她這種態度在業內人士看來絕對有失禮數。

「抱歉，娜娜這幾天都在南部拍戲，一早才搭高鐵回來，她有點累，妳別介意。」小任哥連忙跳出來打圓場。

「沒事的。」我笑了笑。

然而下一秒，孫娜娜不悅的嗓音響起，「什麼時候換我化妝？我都已經晚到了，還要等啊？我是因爲工作才遲到，難道沒工作的人也遲到嗎？」

聽她這麼說，四周空氣瞬間凝結。

小瑜和另一名化妝師對看一眼，表情有些爲難，另一名化妝師才剛開始幫一位臨演上底妝，距離完妝還要一段時間。

我試圖化解現場的尷尬，主動表示：「我的妝畫得差不多了，該去換衣服了。」語畢，我向小瑜使了個眼色，她立刻懂我的意思，快速幫我補上腮紅和口紅便算完事。

換上製作團隊備好的衣服後，我緩步返回拍攝現場，工作人員正忙著準備待會拍攝要用的器材和道具，雖然已接近原本預定的拍攝時間，只是孫娜娜才剛到不久，不太可能準時開拍。

今天的拍攝地點在河岸景觀公園，由於廣告想要呈現出自然有活力的感覺，因此特別找來許多年輕的臨演，增添畫面中的青春氣息。

時値九月中旬，豔陽高掛，氣溫炎熱。我走到不遠處的樹蔭下站定，拿出廣告腳本複習。

半晌，耳邊傳來一道怯生生的聲音。

「不好意思……」

我抬起頭，只見面前站著三名大約十五、六歲的女孩，身上穿著劇組準備的衣服，應該是今天的臨演。看著她們，我忍不住回想起自己高中第一次拍廣告時的青澀模樣。

「有什麼事嗎？」我對她們露出微笑。

女孩們神色緊張，站在中間的女孩鼓起勇氣開口：「我們是妳的粉絲，請問可以跟妳合照嗎？」

「當然可以。」我放下手中的腳本，覺得她們的反應很可愛。

女孩們雀躍地圍過來，拿出手機和我自拍。

拍完照後，另一名女孩說道：「卓琳姊姊，我眞的好喜歡妳！妳在《好想你》裡面演得超好的，我走出電影院的時候，周圍的觀眾都哭得超慘的！妳最近有拍新的電影或電視劇嗎？」

「目前沒有。」我搖頭，「不過希望很快就可以帶新作品給妳們。」

「嗯嗯，我們都很期待！加油！」女孩雙手握拳，爲我打氣。

我不禁會心一笑，「謝謝妳。」

「卓琳，要準備了！」

聽見導演叫喚，我連忙和她們道別，回到拍攝現場。梳妝完畢的孫娜娜也過來了，身邊跟著一名年輕的女助理，一隻手幫她撐傘遮陽，另一隻手拿著水、食物還有衣服，看起來手忙腳亂。

「抱歉，卓琳，請妳這麼早到，結果現在才開拍。」導演歉然道。

「沒事，我剛好可以再複習一下臺詞。」我微笑搖頭。

眼角餘光瞥見孫娜娜默默翻了一個白眼，導演這番話似乎讓她不太開心。

這是我第二次與這家飲料公司合作，對於該公司的理念和喜歡的風格很熟悉，再加上廣告時長只有幾分鐘，臺詞和動作也不複雜，我的鏡頭幾乎一次就OK。

然而孫娜娜卻不是如此。

「導演，我這個角度拍起來不好看，我可不可以跟韓卓琳換位置？」

「不好意思，我忘詞了。我最近都在拍戲，所以臺詞上有點錯亂。」

「我剛才表情不太好，這幕可以再拍一次嗎？」

她沒有事先做足準備，短短幾句臺詞NG許多次，還因爲覺得自己在畫面中不夠美，不停要求重拍，使得原先估計三個小時的拍攝時間拉長了將近一倍。

「好了，差不多了，辛苦各位了！」

原本孫娜娜還想再重拍最後一幕，導演卻搶先喊收工。

「辛苦了。」我連忙向工作人員鞠躬道謝。

孫娜娜似乎不太高興，雙手環抱胸前，把怒氣發在助理身上，「Emma，我的水呢？怎麼連這麼基本的事都還要我講！」

我在心裡搖頭，希望這是自己最後一次跟她合作。

回到休息區，小瑜正在和另一名化妝師聊天，一看到我，她立刻上前關心：「拍完了？不是預計兩點結束嗎？怎麼拖到現在？」

「孫娜娜不滿意拍攝成果，一直重拍。」我抹去額上的汗珠，並揉了揉痠痛的脖子。

大概是昨晚睡在醫院椅子上的關係，肩膀和脖子一整天都隱隱作痛。

「天啊，雖然早有耳聞她愛耍大牌，沒想到還真是這樣。」小瑜小聲抱怨：「剛才我幫她化妝的時候，她的臉從頭臭到尾，不停挑剔我畫的妝，我幫她調整了好幾次，她還是不滿意。」

「辛苦妳了。」我拍拍她的肩。

「話說，怎麼沒看到Vivi？」小瑜環顧四周，「還是妳換經紀人了？」

「她今天有會要開，開拍前就走了。」說完，我才想起自己剛搬到新家，還不熟悉附近的交通，等會要怎麼回去是個難題。

我輕嘆一口氣，昨晚沒睡多少，今天又累了一天，我只想趕快回家休息。

「卓琳，妳是我見過最沒架子的藝人了，能帶到妳真的是福氣。哪像孫娜娜，妳有沒有看到她對助理的態度？只不過是忘了帶她的香水，就被臭罵一頓。她連對小任哥講話都很不客氣，我很好奇她背後到底是誰在撐腰……」

小瑜話還沒說完，就被一道尖銳的嗓音打斷。

「都是妳的錯！」孫娜娜怒氣沖沖朝我的方向走來。

我還在納悶自己哪裡惹到她了，沒想到下一秒，她將手中杯子裡的水，往站在我旁邊的小瑜潑去，「我的臉明明就比韓卓琳小多了，拍起來卻變成大餅臉，都是妳這個三流化妝師的錯！」

我被孫娜娜的舉動嚇了一跳，愣了一下才反應過來。

「妳……」小瑜抹去臉上的水，本來想要反駁，但一看到孫娜娜怒火沖天的模樣，瞬間把話吞回肚裡，眼中充滿畏懼。

「怎樣？」孫娜娜瞪大眼，語氣咄咄逼人，「我就跟妳說粉底液的顏色太深了，修容也沒有打好，妳根本是故意的吧？妳跟韓卓琳是朋友，所以故意把我畫醜，想讓她拍起來比我好看，對不對？」

「妳太過分了。」我擋在小瑜身前，「小瑜是專業的化妝師，和她合作過的藝人都很認同她的實力。剛才大家已經盡量配合妳重拍了很多鏡頭，妳忘詞、動作出錯也沒有人抱怨，請妳不要把私人情緒發洩到別人身上。」

我身高有一六八，在女生裡不算矮，但模特兒出身的孫娜娜又比我高了好幾公分，加上她骨架偏大，整個人氣勢遠勝於我。儘管我表面鎮定，心裡還是有那麼一絲害怕。

「妳！」孫娜娜被我激怒，美麗的臉蛋變得有些扭曲，「我最討厭的就是像妳這種愛裝清純的做作女！身材和長相都那麼普通，居然也能當女主角，實在是很莫名其妙！難怪妳拍完《好想你》之後再也接不到新戲。」

「至少我的演技沒被說是花瓶……」我小聲咕噥。

「妳說什麼！」孫娜娜氣得走過來，揚起手就想給我一巴掌。

我反射地抱住頭，過去的陰影浮上心頭，身子不由自主地顫抖，然而下一秒，耳邊卻傳來孫娜娜的失聲尖叫。我訝異地放下手臂看去，原來她踩到自己剛潑在地上的那灘水，狼狽地滑了一跤。

「痛死我了！」孫娜娜發出哀號，大聲咒罵，同時惡狠狠地瞪著我。

那眼神……我頓時明白，她是不會輕易放過我的。

這齣鬧劇在小任哥和導演不停勸說，以及我被迫向孫娜娜道歉下，勉強落幕。

好不容易回到家時，天已經黑了。

我走進電梯，按下十二樓的按鈕。電梯門關上，四周只剩下我一個人，心裡壓抑許久的委屈和鬱悶終於在這一刻釋放，我想哭卻又哭不出來，只覺得好累。

明明是孫娜娜有錯在先，道歉的卻是我。休息了幾個月，我差點忘了演藝圈從來不缺如此荒謬的一面。

走出電梯，我踏著沉重的步伐往家門走去，僅有幾公尺的距離，我卻突然覺得好遙遠。

打開家門前，我冷不防想起那位陌生鄰居，不禁回頭看向他家的大門。

不同於昨晚的微微敞開，此刻鄰居家大門緊閉，看不出是否有人在裡頭。

我猶豫著要不要過去按鈴關心，卻又很快打消念頭，我真的累得連多一步路都邁不動了。

進到屋內，繞過客廳未拆封的紙箱，我直接走進浴室脫去衣物，用熱水沖去一身的疲憊。盥洗完畢後，我打開臥室裡所有的燈，像顆洩了氣的皮球一樣，倒在大床上。

不到幾分鐘，我便沉沉睡去。

✦

隔天早上，我被一陣又一陣的手機鈴聲吵醒。一接起電話，Vivi尖銳的嗓音幾乎要穿破我的耳膜。

「韓卓琳，昨天到底發生了什麼事？我才一天沒陪著妳，妳就給我闖禍？」

我整個人瞬間從床上坐起，納悶地問：「妳在說什麼？」

「妳跟孫娜娜！」Vivi激動吼道。

「她遲到、完全沒背臺詞、拖延拍攝進度、無故對化妝師潑水，最後還想甩我一巴掌，卻因爲踩到自己潑在地上的水而滑倒，妳說的是這件事嗎？」我沒好氣地說：「又怎麼了？我不是已經跟她道過歉了嗎？」

況且我明明沒做錯，到底爲什麼要跟她道歉？

「是她自己跌倒的？」Vivi口氣緩和了些，同時多了一絲不確定。

「對。」

我聽見電話另一端傳來Vivi的低聲咒罵。

「怎麼了嗎？」我皺眉，注意到她的反應不太對勁。

「孫娜娜半夜在IG發了一篇文。雖然沒有指名道姓，但她拍攝時有發動態，大家都知道她昨天跟妳一起拍廣告，至於內容……」Vivi嘆了一口氣，「妳自己去看吧。」

我立刻掛上電話，點開IG。

過去幾個月，我幾乎沒有經營IG和粉專，今天我的帳號卻有數千則通知，這很不尋常。

我沒有點開那些通知，飛快搜尋孫娜娜的帳號，看見她最新的發文是一張黑白自拍照，照片中的她神情憂鬱，眼睛下方似乎有擦傷和瘀青，內文寫著：

進入這個圈子四年，第一次感受到什麼是演藝圈的黑暗。

謝謝前輩教了我一課。

什麼？我反覆閱讀這則貼文，演藝圈的黑暗、前輩……難道孫娜娜指的是我？

問題是，她不小心滑倒，最多是屁股瘀青而已，昨天根本沒人碰過她的臉，她臉上怎麼會有傷？

倏地，手機鈴聲再次響起，我以爲又是Vivi打過來，迅速接起。

「喂，請問是韓卓琳嗎？」話筒傳來的卻是一個陌生的聲音。

我頓了幾秒，遲疑地回道：「我是。」

「我是E週刊的記者，想請問妳幾個問題，孫娜娜昨天晚上在IG發文，指控妳霸凌她……」

「沒有這回事。」我打斷對方的話，「如果有其他問題，請聯絡我的經紀公司，謝謝。」

掛上電話，我才意識到事情的嚴重性，急忙回撥給Vivi。

「我發誓，昨天我連孫娜娜的一根寒毛都沒碰到。妳一定要相信我！」電話一接通，我連忙解釋。

「卓琳，認識妳這麼久，我當然知道妳不是這種人。」Vivi無奈嘆息，「這件事一早就傳到楊總那裡去了，他非常生氣。除了事關公司形象，楊總會那麼不高興，其實是因爲……孫娜娜的舅舅是BC製作的大股東。」

「BC製作？」我驚呼。

BC製作是臺灣最大的影視製作公司，就連我之前拍過的幾部戲也都是BC出資，有這樣一座大靠山，難怪孫娜娜態度高傲、演技普通，卻還是可以出任女主角。

「對，畢竟公司目前與BC有不少合作，得罪孫娜娜，恐怕會對此造成影響。孫娜娜本身來頭也不小，她爸手上代理多家國外精品，有幾個品牌還是我們公司藝人代言的。」

「那怎麼辦？」我感到苦惱，「難道要我開記者會還是發文跟孫娜娜道歉？」

「不，楊總說他已經派人處理了，他不想把事情鬧得更大……」Vivi遲遲沒把話說完。

我有種不祥的預感，「然後呢？」

「卓琳，」Vivi深呼吸，「楊總親自下令要冷凍妳一段時間，未來半年，公司不會幫妳接任何工作。」

我愣怔了幾秒才反應過來，「什麼？」

「對不起，我有試著替妳向楊總求情，但是妳上半年的工作量實在太少，《好想你》之後的戲約妳全都推掉，只接了幾個廣告，替公司帶進的利潤不多，楊總甚至認爲妳已無心工作……」她頓了頓，才又繼續說：「況且要是惹上BC，可能會影響到整間公司，或者牽連其他藝人……」

「我上半年減少工作量的原因，妳也知道。」我抿緊了脣，心裡湧上委屈。

「我知道梅姊還有妳媽媽的事，對妳打擊很大，所以妳說想休息一下，我也盡力幫妳。」Vivi嘆了一口氣，「可是楊總的性格妳也清楚，他是商人，利益對他而言才是最重要的。」

我想要爲自己爭辯，卻也明白我不能改變什麼。

「卓琳，妳最大的優點是太善良，缺點也是太善良，妳缺乏在這行裡該有的心機。如果梅姊還在，也許她可以幫妳，但我只是個小小經紀人。」Vivi語氣充滿自責與無奈，「對不起，這次我眞的無能爲力。」

直到Vivi掛上電話，我仍然無法回神。

接下來幾天，我活得像行屍走肉。

早上睜開眼，我只想再次昏沉睡去，一絲從床上爬起來的動力都沒有。

自孫娜娜貼出那則貼文，我的臉書和IG湧入大量的「娜粉」洗版，在留言區和護衛我的粉絲吵成一團，我索性關閉社群帳號，讓這場戰爭無法繼續。

我出道將近八年，從未鬧出負面新聞，不少人質疑或許這只是誤會一場，但媒體搧風點火，透過聳動的標題，將這件事送上娛樂新聞頭條。

這件事的關注熱度並未持續太久，兩天後，孫娜娜無預警將貼文刪除，並開直播表示她只是覺得自己不夠好，心情低落，才會寫下那段文字抒發，和我沒有任何關係。

我想這大概就是Vivi所謂的「楊總已經派人處理了」。

先前公司的藝人只要鬧出負面新聞，楊總都能在第一時間將新聞壓下。

流言蜚語就是這樣，來得措手不及，被遺忘得更快。

我盯著天花板嘆了一口氣，逼自己打起精神起床。走出臥室，客廳堆積如山的紙箱再次讓我心浮氣躁。

搬來這裡是因爲想要一個新的開始，但是到目前爲止，新生活簡直糟透了。

快速煮了一碗泡麵填飽肚子後，我終於拉過一個紙箱拆開，一邊將裡頭的物品取出來一一歸位，一邊懊惱地思索自己的未來。

聽Vivi說，楊總在下令冷凍我的隔天，就把一名新簽的藝人分配到她手上。楊總對外保住了我的形象，不代表我不需要付出代價。

我和楊總算不上親近，只是單純老闆和員工的關係，然而進公司這麼多年，也為公司帶來不少進帳，我從未想過自己會淪落至這個境地……

拆開最後一個紙箱，看到放在最上層的相框，我不由得一怔。

相框裡的那張照片是我高中畢業典禮時拍的，我身穿畢業服，手持畢業證書，左邊站著媽媽，右邊是梅姊，她們勾著我的手臂，三個人都笑容燦爛，而我的臉上還帶著尚未褪去的青澀稚氣，對於接下來將面對的艱辛一無所知。

望著照片，我忍不住鼻酸。

如果說一個人需要遇見伯樂，才能讓他的才華被人看見，那麼我很幸運在十六歲那年遇到了我的伯樂——製作人梅亞珊，梅姊。

當時我走在路上被某個綜藝節目的製作團隊發掘，以「青春校園美女」的素人身分上節目。梅姊就是該節目的製作人，也是我所屬的經紀公司「太陽娛樂」的大股東。

我沒有想過要踏入演藝圈，更沒想過要當演員，但自從上了一次節目，我不時會接到其他節目的邀約，也是從那時候，媽媽的健康每況愈下，為了分擔家計，我開始接一些簡單的通告。

有次錄完影，我在電視臺遇到梅姊，她邀請我參加一部校園電影的試鏡，她覺得我的樣子很符合電影女主角的設定。

之後，那部名爲《奔跑》的電影，成了我初入影壇的出道作，梅姊也正式將我簽入公司。

不同於媽媽逆來順受的隱忍性格，梅姊相當大方豪邁。她就像我的第二個媽媽，工作上對我特別照顧，給予我資源，教導十六歲的我如何在複雜的演藝圈裡得體地應對進退，爲我在這座危機四伏的叢林開拓一條安全平穩的路。

是梅姊讓我從一個膽小害羞的小女生，蛻變成登上大螢幕的演員。

她是我的恩人。

但在今年三月，梅姊被一輛酒駕的車子迎面撞上，突然就離開了。

我們連聲再見都沒能來得及說。

「我好想妳們……」眼淚模糊了我的視線，最終像斷了線的珍珠，一顆一顆滴落在相框玻璃上。

以前不管生活再怎麼困難、心情再怎麼難過，我總是告訴自己要打起精神振作，不論今天再怎麼痛苦，明天太陽還是會升起，時間不會因爲今天的悲傷而停留，世界也不會因此停止運作。

我必須繼續向前走。

送走梅姊和媽媽的時候，我也是這麼告訴自己，但此刻我完全沒辦法停止哭泣。

一年之內，接連失去兩個生命中最重要的人，強自壓抑的悲痛混合著不甘、憤怒，如同海嘯般毫不留情地朝我襲來，我痛哭失聲。

我好害怕，也好寂寞，彷彿跌入了深不見底的黑洞，卻沒人願意伸手拉住我，只是任由我無止境地往下墜。

不知道哭了多久，我才漸漸平復情緒，將相框擺在床頭櫃上，繼續整理箱子裡剩餘的東西，隨著物品清出，我的視線停留在最底部的書籍。

總體經濟學。

從小到大，媽媽最大的期望便是我能上大學，她只有高中畢業，求職時只能選擇條件較差的工作，處處低人一等，她不希望我像她一樣被看不起。

因此高中時我雖然忙著拍戲，仍會趁拍戲的空檔，或在深夜收工回家後捧著課本念書。

由於缺課過多，我的在校成績很普通，班上女同學甚至在背後嘲笑我會淪爲既不紅又沒學歷的C咖藝人，但最後我跌破了眾人的眼鏡，考上第一學府盛宇大學。

得知我考上大學，媽媽的反應比看到我初次登上大螢幕那時還要激動，我到現在還記得她當時眼中的光彩。

進入大學後，我日漸走紅，工作邀約也越來越多，無法同時兼顧學業和事業，然而家裡又需要我這份收入，只能在念完大三後暫時休學，全心投入演藝事業。

「對不起，琳琳，都是因爲媽媽，妳才沒能好好把大學念完。」

想起媽媽臥病在床、一臉歉疚的模樣，我的心狠狠一揪，同時腦中閃過一個念頭。

打開筆電，搜尋盛宇大學的網站，我點開復學申請表……

Chapter 2

清晨六點，我起了個大早，今天是重要的日子。

我替自己畫了淡妝，換上輕便的外出服，在書包裡塞入筆記本和幾枝筆後出門。我的住處離學校搭公車只要三站，走路約二十分鐘。

上了公車，我找了後排靠窗的位子坐下，戴上耳機，沉浸在音樂之中。乘客陸續上車，公車裡逐漸變得擁擠，我壓低帽簷側過臉，看向窗外的景色。

「下一站，盛宇大學。」

公車靠站，我跟著車上的一群大學生一起下車，來到校門口。

我停下腳步，內心浮現一抹猶豫，也許，這不是一個好決定。

萬一被公司知道、萬一被人認出來、萬一上了新聞、萬一……

甩了甩頭，甩掉腦中負面的想法，在更多疑慮湧上之前，我邁開步伐走進校園。

清晨的校園裡瀰漫淡淡的晨霧，靜謐而清新。路上人不多，我忍不住四處張望，這是休學三年來，我第一次回到學校，雖然跟記憶中的樣子沒有太大的差別，但還是有一絲陌生。

步入商學院大樓，我從後門進到教室，立刻被裡面的人山人海嚇了一跳。印象中，早上八點的課永遠只有小貓兩三隻，或許現在的學生比較上進？

我找到空位坐下，轉向一旁的女同學，決定再確認一次，「不好意思，請問這堂課是計量經濟學，對吧？」

「嗯。」女同學漫不經心地應聲，連看都沒看我一眼。

我從書包裡拿出紙筆，環顧四周，有的同學在吃早餐，有的在跟朋友聊天，有的在滑手機，如此平凡的畫面，卻讓我有了回到學校的眞實感。

忽然，原本吵雜的教室安靜下來，一名高䠷的年輕男子走上講臺。

他身穿一襲剪裁合身的深藍色西裝，外套下的白色襯衫俐落地紮入西裝褲裡，只是走上講臺這樣簡單的動作，舉手投足間卻充滿了非凡的氣勢，宛若電視劇裡的男主角，讓人離不開視線。

他將手中的筆電和講義放在講桌上，緩緩抬起頭。

看著他俊秀的面容，我愣住了。

我可以肯定他就是住在隔壁，那天晚上被我送去醫院急救的男子。

我再次轉向坐在旁邊的女同學，壓低聲音問：「請問臺上那個男的是誰？」

女同學終於轉頭看我，滿臉不耐煩，「同學，妳該不會從開學到現在都沒來上過課吧？他是這堂課的教授啊！」

什麼！我睜大眼，視線再次落向臺上那道身影。

「可是他看起來很年輕？」我還在消化這個驚人的訊息。

「官教授是很年輕，好像才二十八歲吧？」女同學對於我的驚訝一點也不感到意外。

「這麼年輕可以當教授？」我喃喃自語。

他才大我四歲，我連大學都還沒有畢業，他卻已經在大學任教。

「官教授是天才，二十五歲就拿到哈佛經濟學博士，很多國外名校都搶著要聘請他，他卻選擇回來臺灣。加上他人長得帥、上課方式清楚易懂，所以他的課幾乎一開就立刻滿了。」女同學解釋。

「喔。」我理解地點頭。

天才教授、長得帥、哈佛畢業……難怪這堂早上八點的課座無虛席，原來不是學生太認眞，是因爲老師太完美。隨後我想起今天過來的主要目的——我需要修這門課才能畢業，但以目前的情況看來，極有可能加選不到，修課名額應該早就滿了。

「早安，各位同學。」臺上的男人嗓音低沉富有磁性，讓人聽了整顆心都靜了下來。「抱歉，上禮拜我身體不太舒服，臨時請假。我已經把上週的課程內容上傳到班網，如果有疑問，這禮拜只要沒課，我都會待在研究室，各位隨時可以來找我。」

上禮拜臨時請假……那不就是在我送他去醫院之後？

他拿起粉筆，在黑板上寫了一個我看不懂的方程式，「上次我們談到在經濟計量模型中，Exogenous Variable，也就是所謂的外生變數……」

我愣愣地望著臺上，還是無法相信那名想不開的男子，居然是學校的教授。

官燁，副教授。

看著研究室的門牌，我躊躇許久，才鼓起勇氣在門上輕敲兩下。

「請進。」裡面傳出低沉好聽的嗓音。

推開門，冰涼的空調撲面而來，空氣中瀰漫淡淡清香。沒有混亂、沒有鮮血，一切如此安然和諧，與那天晚上觸目驚心的場景完全不同。

官燁專注盯著筆電螢幕，「抱歉，我回封mail，馬上就好。」

「好。」我點頭，趁空打量四周。

研究室內的陳設簡約整潔，除了辦公桌後方放滿原文書的書櫃外，幾乎沒有多餘的擺設。

過了約一分鐘，他抬頭迎上我的目光，「有什麼事嗎？」

官燁相貌俊美，鼻梁高挺、下顎線條稜角分明，眼皮內雙，眼尾細長，使得他看人時眼神深邃勾人，渾身散發出一股斯文優雅的菁英氣息。

方才他站在講臺上，目測他的身高至少有一百八十公分，西裝革履，那模樣與其說是教授，更像是模特兒。此刻他脫下西裝外套，平整的白色襯衫沒有一絲皺痕，隱約可以看出藏在布料底下的結實身軀。

出道八年，我見過不少帥氣的男明星，眼前這個男人絕對不會輸給他們，甚至比他們更富魅力……

我一不小心看得入神，直到官燁出聲將我拉回現實。

「同學？」

我眨了眨眼睛，故作若無其事道：「老師您好，我叫韓卓琳，是經濟系大四的學生。」

「嗯。」官燁的表情沒有一絲變化。

我知道他對我沒有印象，也不知道我就是那天帶他去醫院的人。

「我……」剛才走來的路上，我設想過一套說詞，但話到了嘴邊我卻改變心意，決定直接切入重點，「我想請問老師能不能幫我一個忙？我休學三年，這禮拜剛復學，錯過了選課的時間。我需要修您的計量經濟學才能畢業，所以想問您能不能……通融一下？」

他連想都沒想便一口回絕：「很抱歉，選課的程序全都經過學校系統，我沒有權力更改收取名額或是順位。」

我緊緊抿脣，雙拳下意識握起。雖然這個答案在意料之中，但我還是有些不甘心，既然決定拋下藝人的身分重回校園，就不能輕易放棄。

我沉默半晌，緩緩開口：「老師，我想您可能對我沒有印象，不過我剛搬到您住的那棟大樓，是您的鄰居。上禮拜是我打電話叫救護車送您去醫院的。」

官燁的眼眸閃過一瞬間的錯愕。

我看向他放在辦公桌上的左手，只見他手腕上戴著手錶，剛好蓋住傷口的位置。他敏銳地察覺到我的視線，立刻將手收到桌底下，這讓我更加確定自己沒有認錯人。

「是妳？」他很快恢復如常。

「嗯。」我點頭，「我知道老師您的課已經滿了，但是缺了這門學分，我就沒有辦法畢業，能不能念在我救您一命的份上，幫我一個忙？」

原以爲官燁會感念我的救命之恩，沒想到他只是雙手交叉環抱在胸前，淡淡說道：「妳又知道我想被救了？」

忘恩負義。

這是我腦中浮現出的第一個想法。

「老師，您眞愛開玩笑。」我扯出一抹僵硬的笑。

他定定地看著我，「妳說妳叫什麼名字？」

「韓卓琳。」

官燁修長的手指敲打鍵盤，螢幕上跳出我的學生檔案。

「二〇一三年入學，二〇一六年休學。妳指考成績滿不錯的，在校成績卻不怎麼樣……」他重新迎上我的目光，「爲什麼會休學？」

「因爲工作。」我據實以答，「老師您是學術界的人，可能對我不太熟悉，其實我是個小有名氣的演員。」

拍過四部電影、兩部電視劇、諸多廣告和MV，台北電影節最佳新人獎得主、金馬獎最佳女主角提名，大概是這種程度的名氣。

他似乎聽出我話中有話，眉毛微微一挑，無聲地打量了我一番。

我突然有點後悔今天打扮得太普通。原本是不想引人注目，但現在的我看起來就是個平凡的大學生，一點說服力也沒有，他肯定覺得我在虛張聲勢。

「既然如此，妳爲什麼想回學校？」

「我一直都想完成大學學業，剛好最近有空檔，決定回來把大四的課修完。」我簡單帶過，並言歸正傳，「如果老師您願意幫忙，我會非常感激。」

「抱歉，這個忙我不能幫。」官燁的語氣平靜無波，「學校有規定每堂課的學生人數，如果我讓妳修這門課，那就代表另一名學生必須退選。妳開學快一個月才來找我加選，我沒有辦法爲了幫妳這個忙，而去奪走其他準時選課學生的學習機會。」

他說得沒錯，我無從辯解。是啊，我有什麼資格奪走別人的學習機會？

「這門課下學期其他老師也會開，只要妳到時候修完，還是可以準時畢業。」

「不行。」我立刻搖頭，「我一定要這學期修。」

半年後，公司可能已經解除對我的冷凍令，屆時工作行程能否配合上課時間，尚是未知數，要是因爲工作無法上這門必修課，那我這輩子都不用畢業了。

「抱歉，我不能幫妳。」

見官燁態度堅決，我明白不管再怎麼爭取，也只是徒勞無功。

我心中泛起一陣失落，轉身準備離開，卻又想起了那天晚上，忍不住小聲咕噥了句，「你明明這麼優秀，卻還想不開，如果你的學生知道了，不知道會有多難過……」

這個世界上有多少人什麼都沒有，卻還是努力地活下去，反觀他擁有這麼多，卻不懂得珍惜自己的生命，這讓我感到有點生氣。

正要邁開步伐，他卻突然從椅子上起身，一把拉住我的手腕。

「等等。」

我愣然回頭，與他四目相交，過了許久，他才緩緩開口：「也許……我可以跟系辦商量，多增加一個名額。」

他握著我的力道微微加重，掌心滾燙。

「只要妳答應不把那天的事告訴任何人，就當作從沒發生過。」

看著官燁複雜的眼神，我愣愣地點頭，心跳不自覺加速。

順利解決選課問題後，我重新展開了大學生活。

由於早在高中就進入演藝圈工作，我跳過了無憂無慮的青春時光，直接來到殘酷的現實世界。

跟朋友一起去福利社、下課圍成一圈說說笑笑、情竇初開的青澀戀愛，普通十六歲女孩所經歷的平凡日常，我一項都沒有體驗過。

我的十六歲，只有演戲、錄影、背劇本，還有許多刺耳的聲音。

「呿，韓卓琳以爲她上過電視就是明星了，看了就討厭。」

「聽說校草跟她告白，結果被她拒絕了。她眞的以爲自己很漂亮？人家只是看上她有上過電視而已。」

「不是聽說她家境清寒嗎？到底是靠什麼關係才能拍電影？」

當時，我剛接下第一部電影，因爲拍戲時常請假，不但跟班上同學不熟，班上所有的女生幾乎都不喜歡我。不論走到哪裡、說什麼話、做什麼事，我的一舉一動總是會引來她們的不滿與謾罵。

而那時的我膽小又懦弱，與其爲自己辯解，我選擇默默承受這些冷言冷語和尖酸嘲諷，反正一旦習慣就不痛不癢了。

總之，我的十六歲很不怎麼樣。

上了大學，演藝事業逐漸步上正軌，我專注於工作，很少去上課，即使有來學校，也幾乎未與他人互動。對我而言，上學就像趕赴一個通告，執行一項工作，沒有獲得新知的期待，也沒有與同儕相處的喜悅，只有疲憊。

不過現在，我終於能專注地體會校園生活了。雖然心裡對重返校園這個決定仍存有一些擔憂，但我只能告訴自己不要多想，把重心放在學業上，離開學校三年多，之前的基礎也不是太好，我知道我需要更努力。

「有任何問題嗎？」官燁放下手中的粉筆，看向臺下認真抄筆記的學生們。

聞言，大家紛紛搖頭。

「如果沒有問題，那今天的課就上到這裡。」隨著鐘聲響起，他宣布下課。

根據過去一個禮拜的觀察，我發現官燁真的很受歡迎。

撇開他那張好看的臉不說，他的教學方式清楚易懂，板書寫得工整漂亮，說話偶爾會穿插幾句英文，標準的美式發音，搭配富有磁性的低沉嗓音，讓臺下所有人都聽得著迷。

雖然他上課不太會開玩笑，但每當有同學提出好問題或分享自己的見解時，他會露出讚賞的眼神，嘴角也會跟著微微上揚，讓身上那股高冷的氣息瞬間淡了些。

看向講臺，鐘聲還沒響完，官燁的四周已擠滿學生，畫面有點像某個大明星的粉絲見面會。

我收回視線，邊整理書包，邊想著等會要做什麼。忽然，前方傳來一道男生的聲音，打斷了我的思緒。

「不好意思……」

我抬頭一看，只見幾名同學站在桌前盯著我瞧。

「請問……妳是韓卓琳嗎？」其中一名男同學遲疑地開口。

儘管早有心理準備會被認出來，但我還是愣了幾秒，才點點頭，「嗯，我是。」

「天啊！我原本以爲只是長得很像而已，沒想到眞的是妳！」男同學興奮道：「我從《奔跑》開始就是妳的粉絲，之前《好想你》上映時，我去電影院看了三次。」

「眞的？」我不禁笑出聲，「謝謝你的喜歡。」

「不過妳怎麼會在這裡？該不會是在錄節目外景吧？」那幾名同學紛紛四處張望，試圖尋找隱藏的攝影機。

這番舉動引來更多人的注意，教室裡瞬間掀起一陣騷動，眾人交頭接耳，對著我指指點點。不到幾秒鐘，一群人很快將我團團圍住。

面對這麼多雙眼睛的注視，我頓時緊張了起來，吞吞吐吐地說：「其實我也是盛宇的學生……之前工作太忙休學，現在想回來完成學業。」

話一出口，我有些忐忑不安，他們會不會用異樣眼光看我？

「什麼！」

「妳是盛宇的學生？我怎麼都不知道？」

「所以我們接下來整學期都可以跟韓卓琳一起上課？太幸福了吧！」

聽見我的回答，眾人的反應多半是驚喜雀躍。

「那個，卓琳……姊？可以這樣叫妳嗎？」一名女同學怯生生地說。

「叫我卓琳就可以了。」我保持禮貌的微笑，心想我也只比妳大幾歲啊……

「可以嗎？」女同學開心一笑，「那卓琳，妳有沒有打算加入什麼社團？」

「社團？」我搖頭，「目前沒有。」

我之前從沒體驗過正常的大學生活，連大學裡有什麼社團都不清楚。

「我是戲劇社的，如果妳願意加入，絕對是我們的榮幸！大家一定能從妳身上學到很多東西！」

「還是妳對股票有興趣？證券社可以教妳如何做低風險高報酬的投資！」

「不，來系學會吧！我們功課都不錯，要是妳對課業有任何問題，我們都可以幫妳！」

大夥你一言我一語，場面頓時變得混亂吵雜，讓我不知所措。

最後，我雙手合十，歉然一笑，「謝謝大家，我回家會好好想一想的。我等會還有事，可能要先離開了，不好意思。」

語畢，我背起書包，努力擠出人群。

離開教室前，我看向還在講臺上收拾東西的官燁，他也正好抬起頭，視線不偏不倚迎上我的目光，平靜的眼眸裡多了波瀾，似乎為方才那一幕感到驚訝。

我內心不免感到一絲小小的得意，現在你相信我是小有名氣的演員了吧？

原本我打算在下課後探索一下校園，但剛才被眾人包圍的插曲令我心有餘悸，決定改去圖書館念書，畢竟晚了將近一個月入學，我的進度落後不少。

走進廣大靜謐的圖書館，我居然覺得新奇，這還是我第一次踏入大學圖書館。在裡頭晃了一圈，最終選了角落靠牆的位子坐下，一待就待到了傍晚。當我走出圖書館時，天色早就黑了，校園裡的行人只剩下三三兩兩。

回家路上，我買好便當後，注意力又被前方的手搖飲料店吸引。

身為藝人，Vivi向來特別注重我的身材管理，像珍奶這種高熱量的飲料，她從來不讓我碰。不過既然我現在不需要擔心上鏡的問題……

「我要一杯珍珠奶茶。」我壓低帽簷，對著櫃檯的工讀生說道。

「甜度、冰塊？」對方公式化地問。

「無糖——」我習慣性回答，馬上又改口，「正常甜，少冰，謝謝。」

我兩手提著食物，踏著愉快的腳步走回家，一進到公寓大樓，便瞥見官燁在大廳等電梯，現在已經晚上八點多了，難道他才剛從學校回來？

我該等下一班電梯嗎？但轉念一想，自己幹麼要躲他？我又沒做虧心事。

於是我走到他身邊，他戴著耳機，目視前方，沒有注意到我。我輕咳一聲：「老師好。」

聞言，他轉頭看了我一眼，又將視線挪回前方，淡淡應聲：「韓同學。」

韓同學？

我忍不住擰眉。雖然他這樣稱呼我也沒錯，但聽起來就是有種說不上來的怪。

電梯門打開，他快步走進電梯，我跟隨在後。他按下十二樓的按鈕，修長的身軀輕靠在電梯牆上，雙眼微闔，很明顯不想和我有任何交流。

「你該不會每次見到我，都要把我當陌生人吧？」我不滿地小聲說道：「裝睡未免也太誇張……」

如果可以，我也希望我們初次見面是在不同的情況下。

聽見我的抱怨，他睜開眼睛，清冷的目光掃向我。

「我們本來就是陌生人，不是嗎？」

「我們……」我反射性想否認，卻一時找不到話反駁，最後弱弱地回了一句，「是鄰居。」

他沒有回應，雙手環抱胸前，微微搖頭，似乎覺得我的回答很可笑。

電梯門打開，他連句再見也沒說，便頭也不回地朝自家門走去。

「眞差勁……」我忍不住嘀咕。

換成是我，我對救命恩人一定會抱存感激之心，才不會像他這樣！

回到家，我坐在沙發上，順手打開電視，看著出現在綜藝節目中那張我再熟悉不過的臉，我不由得怔住了。

「宇天，恭喜你出新專輯。」男主持人笑著說：「繼《好想你》這首神曲之後，大家都很期待你帶來新作品，現在終於等到了！」

「謝謝方哥。」他淺淺一笑，臉頰上的酒窩若隱若現，「我也很開心。」

隔著電視螢幕，我心裡五味雜陳，食慾頓時全沒了。

「那爲我們表演一下你的新歌吧？」主持人說道。

「好。」申宇天微笑點頭，從主持人手中接過那把專屬於他的吉他，開始演唱新歌。

旋律有些耳熟，也許在我們相處的那段時光裡，他曾彈給我聽過。

我關掉電視，客廳陷入一片死寂。

別過眼，躲開明明漆黑卻彷彿還殘留他身影的電視螢幕，視線卻不受控地落向被我遺忘在角落的吉他。

拍《好想你》的時候，出於角色需求，我必須在短時間內學會自彈自唱。當時我每天拚命練習吉他，練到手指破皮長繭，還是彈不好，直到申宇天出現，成爲我的救星。

電影殺青後，劇組將吉他送給我作紀念，畢竟這是我出道以來，第一次在螢幕上唱歌。原本我打算把吉他學好，但接下來發生的事，讓我完全沒有心思再去想這件事。

「宇天，你可以教我彈〈Yesterday〉嗎？我媽很喜歡這首歌，我想要彈給她聽。」

「當然可以。」

現在回想起來，他那時的溫柔，只會讓之後的結束顯得更加諷刺。

我早該知道，在我的世界裡，美好的事物總是曇花一現，只有傷痕才是一輩子的。

✦

穿梭在偌大的社團大樓裡，我看著眼前的教室門牌，發現又回到了十分鐘前的原點。

「到底在哪裡？」我停下腳步，嘆了口氣。

在這層樓繞了好幾圈了，爲什麼就是找不到二〇三號教室？

正當我徘徊在放棄邊緣時，走廊底端隱約傳來一陣優美的旋律。我連忙往音樂的來源走去，終於找到隱藏在樓梯轉角的教室。

「手指的位置要放在這裡，音才會出來。」一名高瘦的男孩站在門口附近，手抱吉他，正向旁邊綁馬尾的女孩示範如何正確彈出和弦。

教室裡還有幾名同學在聊天，氣氛熱絡融洽。

我深呼吸，輕輕敲了兩下門，「不好意思，請問這裡是吉他社嗎？」

我一開口，所有人都停下手邊的動作朝我看來，卻沒有人回答我的問題。面對這片寂靜，我感到尷尬，彷彿誤闖了不歡迎我的派對。

「是啊……」過了半晌，馬尾女孩才點頭，並瞇起眼睛打量我，「妳是韓卓琳嗎？還是只是跟韓卓琳長得很像？」

「我是韓卓琳。」我大方承認。

「妳真的是韓卓琳？」她瞠大眼，「天啊，妳本人跟電視上一樣美，而且好有氣質、好瘦喔！」

她接二連三的稱讚，令我不好意思地搔了搔臉，「謝謝。」

「我叫王可悅，很高興認識妳！」她熱情地自我介紹，語氣充滿興奮，「不過妳怎麼會來這裡？該不會是在錄節目吧？我們上鏡頭了嗎？」

說完，她滿懷期待地朝我身後看去。

「不是錄節目。其實我是盛宇的學生，之前休學了幾年，最近剛回學校。我一直想學吉他，想問問你們還願不願意招收新社員……」看著她驚訝的神情，我不禁越說越小聲。

也許我不該來的。

那天班上同學積極邀請我參加社團，回家又在電視上看到申宇天，我便起了想把吉他學好的念頭，於是上網查找了校內吉他社的資訊。

我想把那首歌學好。那首我很想彈給媽媽聽，卻再也沒有機會的歌曲。

「太猛了，韓卓琳不但是盛宇的學生，而且想加入吉他社！」王可悅雀躍拍手，回頭看向剛才正在教導她的男孩，「當然可以，對吧，社長？」

我也順著她的視線看去，男孩有一張乾淨俊朗的臉，濃眉大眼，前額的棕色短髮隨意往旁邊抓，看上去率性俐落。

「想要入社都得通過面試，這是規定，不會因人而異。」他朝我走來，一本正經地問：「為什麼想加入吉他社？」

我腦袋突然一片空白，「因為……想學吉他？」

「妳會彈嗎？」他又問。

「會一點，但彈得不好，所以才想學。」

「卓琳，妳之前在《好想你》裡面不是有自彈自唱嗎？Coldplay的〈Yellow〉。」王可悅插話。

「喔，對。」我點點頭，練那首歌是為了電影劇情需要。

「彈一段？」男孩把手上的吉他交給我。

「呃……」我下意識接過，有些猶豫。

然而，他完全不給我思考的時間，拉了一張椅子到教室正中央，對我比了一個「請」的手勢。

沒想到加入學校社團居然要面試。我是演員，彈吉他和唱歌並非我的專長，臨時要我現場演唱，難免令我心生緊張，即使不是對外的正式表演，我依舊不希望在陌生人面前出糗。

男孩雙手環抱胸前，擺出像是監考官的姿態，語氣一派輕鬆，「我只是想看一下妳的程度而已，不用緊張。」

「好吧。」我無奈地抱著吉他坐下，憑著模糊的記憶在指板上尋找和弦的位置。抬起頭，我看見幾名社員拿出手機，似乎想要錄影。

我微微皺眉，想禮貌地請他們不要這麼做，又怕被誤會有偶包。正陷入兩難之際，男孩似乎看穿我心中所想，瞪了那幾名社員一眼，他們立刻放下手機。

教室一片安靜，眾人的目光都聚集在我身上。

我深呼吸，手指撥動琴弦，緩緩開口唱起了那首〈Yellow〉。

《好想你》是一部校園愛情電影，年初上映不到一個禮拜就票房破億，成爲今年截至目前爲止最賣座的國片，也是我踏入演藝圈至今最成功的作品。

電影中的女主角徐千雨是學校的風雲人物，不但成績優異，還會彈吉他和唱歌，目標是考上醫學系。然而某次校際表演，她卻無預警地流鼻血，昏倒在舞臺上。經過檢查，她被診斷出罹患白血病，從此改變了她的人生；男主角程碩卻是上課睡覺、成績墊底，且時常蹺課的問題學生，這樣的他，人生軌跡原本與徐千雨八竿子打不著。

徐千雨住院接受治療後，在醫院走廊撞見哭泣的程碩，原來程碩的媽媽生了重病，沒有多少時間了。雖然徐千雨對自己的明天也感到迷茫，她卻決定擁抱程碩，安慰他一切都會沒事。

一段愛情故事在醫院裡就此萌芽。當學校同學逐漸疏遠生病的徐千雨，程碩一直陪在她身邊，並因爲她開始認眞念書，想要變成一個配得上她的人，甚至有了想當醫生的念頭，不管是爲了當上醫生治療徐千雨，或是接替她實現她可能無法完成的夢想……

最後一個音落下時，我慢慢抬起頭。

在場的社員沒有人說話，我無法分辨這樣的反應是好還是壞。

「哇！沒想到妳現場也唱得這麼好！」王可悅連聲讚歎，接著轉頭看向男孩，「社長，這種程度還不能入社，就眞的是因人而異了吧！」

他沒有回應王可悅，直接走到我面前，朝我伸出手，「歡迎加入吉他社。」

本來以爲吉他社會是校內相對受歡迎的社團，在正式入社後，卻發現社員人數並不若想像中多，而且男生的比例高出女生一大截。

「爲什麼？」我好奇地問王可悅。

經過幾天相處下來，我發現王可悅很活潑健談，明明才剛認識，卻像是相交多年的摯友，和她什麼話都可以聊。

「妳是說爲什麼我們社團人這麼少，而且還都是男的？」她忍不住笑出聲，指向身後，壓低聲音說：「大概是因爲社長吧。」

我的視線隨著她的手指，落向正在教導其他社員的任尙衡。

「什麼意思？」我不解，「他應該能吸引很多女生吧？」

任尙衡是法律系大四學生，個子高，五官端正，還會彈吉他，這樣的條件可以說是少女心中的理想型了吧。

「就是吸引太多女生了。」王可悅一臉無奈，「之前每學期都有一堆女生專門爲了他而來，有些甚至還會爲他爭風吃醋，惹出糾紛，所以社長後來才會規定，入社一定要經過面試，只收眞正對吉他有興趣的社員。」

「原來如此。」現在我可以理解任尙衡那天的行爲了，況且我的藝人身分感覺上就會帶來麻煩，也難怪他對我的入社如此謹愼。

王可悅繼續小聲補充：「社長高中時曾參加電視臺舉辦的歌唱比賽，拿了第三名，加上他長得又帥，當時人氣非常高，走在學校根本和明星沒兩樣。」

「眞的？那他現在有簽經紀公司嗎？」我不禁睜大眼。

如果任尙衡高中就與經紀公司簽約，應該早就發片了。身在演藝圈多年的我，不可能完全沒聽過他的名字。

「比賽剛結束那時，好像有好幾間經紀公司想跟他簽約，但他都拒絕了。」王可悅聳肩，「後來他決定要念法律，大概是受到家人的影響吧？他爸是律師，媽媽是檢察官，可能希望他未來也走這行。」

「喔。」我點點頭，「你們認識很久了嗎？」

「嗯，高中就認識了，他是我學長，我們都是吉他社的。」

「這樣啊……」

「要是他當初決定成爲歌手的話，搞不好今天歌壇的情歌小王子就不會是申宇天或何岳了。」王可悅雖然是開玩笑的語氣，卻能聽出她著實很爲任尙衡感到可惜，「社長唱歌眞的很好聽，不過他現在把大部分時間都放在教學上，很少開口唱歌。」

儘管我和任尙衡還稱不上熟識，但他身上有種很特別的氣質，頗具大將之風，我並不覺得王可悅對他的評價是虛妄的吹捧。

「我跟妳說，之前我和社長去看《好想你》，我哭到妝都花了，妳別看社長一副正經的樣子，他也有偷偷擦眼淚，卻又嘴硬說自己沒哭，超假掰的！」王可悅悄悄爆料。

我抿脣一笑，再次看向任尙衡，無法想像他是那種看電影會看到哭的男生，這也讓我對他的好奇又加深了一些。

✦

晚上回家走進大樓，前方電梯門即將關上，裡頭的人似乎注意到我，好心按下開門鈕。

我連忙加快腳步走入電梯，向裡面的年輕女子道謝，「謝謝。」

「不會。」她淡淡一笑，美麗的臉龐讓我忍不住多看了一眼。

她身穿高雅的白色連身褲裝，手裡提著至少四十萬起跳的愛馬仕手提包，全身上下散發出一股高貴的千金小姐氣息。

電梯門關上，我正準備按下十二樓，卻發現按鈕已經亮起。

「那個……妳是十二樓的住戶嗎？」我驚喜地向她搭話，「我剛搬過來，也住在十二樓。」

這棟大樓一層有四戶，既然同樓層的其中一戶鄰居並不那麼友善……我把希望放在眼前這位溫柔有禮的年輕女子身上。

「喔，我不是。」她搖了搖手，斂下眼簾，「我是來找我男朋友的……雖然可能是最後一次了。」

她最後一句話說得特別小聲，我幾乎聽不見。

電梯門一開，她邁開步伐往官燁家走去，然後按下門鈴。

我大吃一驚。她是官燁的女朋友？

幾秒後，深色的大門開啓。官燁穿著白襯衫，最上面的兩顆釦子解開，隱約露出鎖骨線條，似乎剛回到家不久，還未換下外出服。

看到來人，他一愣，絲毫沒有看到女朋友該有的歡喜或甜蜜。

「妳怎麼會來？」

「我不能來嗎？」女子似乎為他的反應感到受傷。

「我不是這個意思。」他皺眉，「只是有點意外，我以為妳最近很忙。」

「因為我擔心你，所以才會過來。」她眼裡充滿憂慮，「官燁，你最近怎麼了？我已經好幾個禮拜找不到你，打電話給你也不接。九月十四號你生日那晚本來說好要一起慶祝，結果你卻搞失蹤……」

九月十四號？不就是我送官燁去醫院那天嗎？

那天是他生日？他在生日當天自殺？

我腦中立即浮現許多疑問。

「對不起，我最近……」官燁欲言又止，最後露出一抹柔和的微笑，「我沒事，只是學校的事忙不過來，妳別擔心。」

他牽起女子的手，將她帶進屋內，關上大門。

我看著那扇緊閉的門半晌，聳聳肩，把那些疑問暫時拋到腦後，回家沖澡，為自己煮了碗泡麵，開始做功課。

看著本子上密密麻麻的筆記，再看向計量經濟學的作業，我像顆洩了氣的皮球一樣趴在桌上，忍不住嘆了一口氣。

官燁，你的作業有必要出得這麼難嗎？

他鼓勵班上同學組成小組一起解題，大部分同學已互相認識，自然不成問題，但是我在班上沒有半個朋友，只能靠自己。

「韓卓琳，振作！」我只給自己幾分鐘哀怨，便重新打起精神，繼續奮戰。

花了好大一番功夫，終於把功課寫完，時間已過凌晨一點。

我伸了個懶腰，起身活動筋骨，拉開通往陽臺的玻璃門走出去，深深吸了一口夜晚沁涼的空氣，感受微風輕拂過臉龐的溫柔感觸。

當初會選擇搬來這裡，就是因爲這個陽臺。十二樓的高度遠離大馬路的喧囂，前方沒有高樓阻礙，放眼望去是遼闊的臺北夜景。站在這裡，原先堆積在心上的龐大壓力瞬間一掃而空。

此時，隔壁陽臺忽然傳來開門的聲響，轉頭看去，我的心猛然一跳。

是官燁！

我反射性蹲下，躲在陽臺圍牆後面，意識到自己的反應後，我不禁有些懊惱，我幹麼要躲起來啊！可是都已經躲起來了，這時又出現在他面前反而更奇怪。

都這麼晚了，他怎麼還沒睡？我按捺不住好奇，小心翼翼地從圍牆上方探出頭，想看官燁在做什麼，只見他從口袋拿出一盒菸，抽出一根放入脣間，熟練地用打火機點燃。

他吸了一口，接著緩緩吐出一縷白煙，雙手搭在陽臺圍牆上，若有所思地看向遠處。

柔和的月光灑落在他白皙的臉上，迷濛的畫面竟有一種神祕的美感。

原來他會抽菸……

「官燁。」晚間在電梯遇見的女子從屋裡出來，從身後環抱住他的腰際。她身穿細肩帶絲質睡衣，長髮有些凌亂，似乎剛從床上起來。

從我的角度，看見官燁闔上眼，眉頭略微皺起。面對女子親密的舉動，他臉上沒有一絲愛意，反倒像是不太自在。然而，下一秒他回過頭看向女子時，已換上溫和的笑臉，彷彿剛才那只是我的錯覺。

「妳怎麼醒了？」

陽臺之間雖然隔了一小段距離，但還是隱約可以聽到他們的對話。

「醒來找不到你，想看看你在做什麼？」

「我睡不著，出來透透氣。」他滅掉手中的菸。

女子表情一沉，鬆開抱著他的雙手，「你睡不著，是因爲我嗎？」

原本曖昧的氣氛，瞬間凝結成冰。

「什麼意思？」他擰起眉。

「官燁，我們在一起快一年了，卻從來沒有在同一張床上睡過，你總是有藉口，睡不著、壓力太大、工作……你到底把我當成什麼？女朋友？還是床伴？」

聽見這段預期之外的談話，我不由得睜大眼。

「妳在說什麼……」他愣住。

「官燁，你愛我嗎？」女子神情黯淡，「其實我今天來，就是想問你這個問題。」

他張了張口，卻說不出話來。

「果然。」女子諷刺一笑，眼裡只剩失望，「我們分手吧。這段感情從一開始就是我一廂情願，你跟我在一起，只是順從你爸媽的期望而已。」

「徐婕……」

「我知道小時候的事讓你心裡有了創傷，但我一直告訴自己，總有一天你會愛上我、對我打開心房。」她自嘲地扯了扯嘴角，「看來是我高估自己了。」

小時候的事？官燁小時候發生過什麼事？

「妳聽我說……」官燁試圖想要解釋，卻被她打斷。

「官燁，你眞的以為我什麼都不知道嗎？」徐婕一把抓起他的左手，拉起衣袖，他手腕上的割痕瞬間一覽無遺，「一想到你究竟有多少事情沒跟我說，我就感到害怕。」

少了手錶的遮掩，官燁彷彿頓時失去了保護色，模樣慌張無助。

看見這一幕，我莫名覺得難受。

「再見了，官燁。」徐婕鬆開他的手，「祝你有一天能夠找到讓你敞開心房的人。可惜……那個人不是我。」

語畢，她頭也不回地回到屋內。不久後，外面走廊傳來一道猛力關門的聲響。

官燁沒有追上去，只是站在原地，眼中帶著我沒有見過的落寞與孤寂。

不知道爲什麼，我感覺胸口一陣緊縮，難以呼吸。

✦

隔天一早走出家門，我撞見正在等電梯的官燁。

昨晚他受傷的眼神始終在我腦中揮之不去，使我一夜難眠。乍然看到他，我有些心虛，深怕他察覺我昨夜偷聽他和徐婕的對話。

糾結了半晌，最後我決定裝作若無其事，走到他身邊禮貌問候。

「教授早。」

這回他連說一聲「韓同學」都沒有。

他戴著耳機，裡頭播放著與他斯文氣質不符的電子音樂，音量大到連我都聽得到。

我試圖在他臉上尋找哭過的痕跡，但那張好看的臉龐完全看不出異樣，只是略帶疲憊，像是沒有睡好。

現在已經七點二十分了，待會第一堂就是官燁的課。他似乎比平時晚出門，因爲我一向都是這個時間出門，抵達學校時，他通常已在講臺上準備教材。

電梯門開啓，他走入並按下一樓的按鈕，然後闔上雙眼，長而微捲的睫毛蓋住了眼下的烏影，眉間有著淺淺的皺摺。

上次他在電梯裡閉眼是不想和我交談，這次我卻覺得他是真的想趁這短暫的空檔休息。

「我知道小時候的事讓你有了創傷，但我一直告訴自己，總有一天你會愛上我、對我打開心房。」

回想昨晚徐婕說的話，我的目光移向他總是戴著手錶的左腕。

官燁，你小時候究竟經歷過什麼？

隨著電梯門打開，他猛然睜眼，邁開長腿走出大樓，不到幾分鐘便與我拉開距離，消失在我的視線範圍。

抵達教室時，官燁已經在講臺上準備，身邊圍著幾名問問題的學生，他一一耐心解答，態度與平時無異。

鐘聲很快響起，他開始上課，我卻半個字都沒聽進去。

一整天的課程結束後，我走出校門才突然想起前幾天班代有發通知，提醒大家今天有導師課。

我依照指示來到集合的教室，裡面早已坐滿了人，教室裡充斥著熱絡歡快的談話聲與笑聲。望著這一幕，我不自覺停下腳步，感覺自己與他們之間彷彿隔著一面隱形的牆，牆的那端，我看得見卻過不去。

回過神後，我找了一個後排的空位坐下，同學們沒有人注意到我。

過了半晌，眼角餘光瞥見一道修長的身影走進教室。

……官燁？我記得導師不是姓黃嗎？

正感到納悶，其他同學也紛紛交頭接耳，似乎都有相同的疑問。

「各位同學好。」官燁走上講臺，開門見山爲大家解答，「黃教授因爲一些私人原因，臨時決定休長假，將由我代替他擔任這學期的導師。」

他一說完，教室裡馬上掀起一陣興奮的騷動。

「天啊，官教授居然變成我們的導師！」

「被老黃摧殘了三年多，終於熬出頭了！」

「太幸運了吧！我想修他的課都修不到，沒想到現在可以在導師課看到他！」

「我想很多人可能對我不太認識……」官燁拿起粉筆，在黑板上寫下自己的名字，「我叫官燁，來到盛宇任教大約三年。我研究的領域主要是計量經濟學和總體經濟學，如果大家對這方面有興趣，或是有疑問，隨時可以來我的研究室找我。」

他微微一笑，光是嘴角那抹細微到幾乎難以察覺的弧度，就足以讓臺下再次陷入瘋狂。

官燁的氣色比早上好多了，至少看上去沒那麼疲累，這讓我莫名放心不少。

「大家從大一同班到現在，應該彼此都已經認識，就不逼各位做自我介紹了，我會努力記住每個人的名字。」官燁瞥了一眼班表，「不過這學期班上有一位剛復學的同學……」

等等……我的心臟重重一跳，一股不祥的預感湧上心頭。

不不不，官燁你該不會……

下一秒，他的目光精準無比地落在我身上，「韓同學，要不要自我介紹一下，讓大家認識妳？」

瞬間所有人都順著他的視線轉頭朝我看來。

我就這麼和大家互相對視了幾秒，才硬著頭皮起身，擠出微笑：「嗨，大家好，我是韓卓琳，請多指教。」

「是演《好想你》的那個韓卓琳？」

「哇！之前在校板看到有人說韓卓琳在盛宇，竟然是眞的！」

「先是導師變成官燁，現在又冒出同學是演員韓卓琳，我是在做夢嗎？」說話的那個女生驚訝得眼睛都瞪圓了。

我默默坐下，雖然臉上依舊掛著笑容，內心卻尷尬極了，我的自我介紹聽起來像剛轉學的小學生。

官燁臉上多了一抹不甚明顯的笑意，彷彿我剛才的窘樣娛樂了他。不知道爲什麼，看見他已然變得稍微放鬆，我頓時覺得自己這番丟臉好像也無所謂了。

「韓同學剛回來學校上課，請大家多關照她。」他悠悠地說道。

我抿了抿脣，不確定他這句話是出於客套，還是由衷而發。

「接下來的時間，我想和各位討論這學期的導生聚餐。」官燁再次看向班表，「班代……陳思吟，在嗎？」

「老師，我在這！」一名坐在前排的短髮女生舉手。

「這是我第一次擔任導師，對很多事不那麼熟悉，可能會需要妳的幫忙。」

「沒問題，老師你千萬不要客氣！」陳思吟笑嘻嘻地一口答應，看起來是個活潑外向的人。

「請問之前黃教授都選哪裡聚餐？」

「這個嘛……」陳思吟頓了頓，語氣中帶著一絲埋怨，「黃教授說系上給的經費很少，所以帶我們去吃三九九吃到飽的燒烤。」

「每學期都一樣？」官燁眉頭一皺。

「沒有，之前更慘！」陳思吟大力搖頭，可憐兮兮道：「有一次是吃兩百塊的小火鍋，還有一次老師直接每人發三百塊，叫我們自己解決。」

「這樣啊……」官燁理解地點頭，「那先不考慮經費，你們有什麼特別想吃的餐廳嗎？」

聽他這麼問，班上同學紛紛七嘴八舌提議許多高級餐廳。

「班代，麻煩妳收集全班的意見，選出大家最想去的餐廳。不用在意經費，這是你們在大學的最後一年，能留下愉快的回憶比較重要。」官燁說道。

「好！」陳思吟比了一個遵命的手勢，「老師，我瞬間對辦聚餐充滿了幹勁！」

臺下響起一陣歡呼。

官燁露出淡淡的笑容，眉間已不見早先的陰霾。

✦

班代選了知名的自助餐廳PARADISE，作爲導生聚餐的地點。

這間餐廳每人一餐要價一千五百元，聽說班代向官燁報告時，他眼睛眨都沒眨就應允了。

以往導生聚餐通常都安排在學期末，但由於大家迫不及待想早點吃到高級料理，所以在徵求官燁同意後，班代不到一個禮拜就訂好了餐廳。

週六晚上，我比預定時間晚了二十分鐘才抵達餐廳，大部分的位子都有人坐了。

「抱歉，我遲到了，眞的很不好意思！」我匆忙找到一個空位入座，坐下才發覺坐在正對面的人是官燁。

和他對到眼，我連忙避開視線，看向坐在他旁邊的陳思吟。

「沒關係！老師也剛到不久。」陳思吟笑著說：「妳一直沒出現，我們以爲妳不來了呢，有幾個男生很失望，眼淚都快掉下來了！」

「喂，別亂講！」坐在她另一側的男同學瞬間脹紅臉，矢口否認。

「本來就是啊，幹麼害羞！」陳思吟笑嘻嘻地又補了一句，「剛才不是還在那邊說韓卓琳有多美，你們要戀愛了？」

陳思吟除了擔任班代表，也是女籃的主將，可帥可美，系上幾乎沒有人不認識她。那天導師課結束後，她主動找我攀談，說如果有什麼事，隨時可以找她幫忙。我原本沒有打算參加聚餐，覺得自己跟大家不熟，經過陳思吟反覆遊說，最後我才答應。

「抱歉。」我隨即解釋，「剛才等電梯的時候，遇到一個粉絲想要合照，結果身邊突然就多了很多人，都說要合照，拍完二十分鐘就過去了。」

「哇！」陳思吟嘴張成O字型，「卓琳，妳太平易近人，我差點忘了妳有多紅，我們能這樣跟妳吃飯，眞是身在福中不知福啊！」

「太誇張了啦。」我連忙搖手，無奈一笑，「只是我眞的超餓。」

爲了這一餐，我一整天都沒吃，餓得都快虛脫了。

「那妳趕快去拿東西。」陳思吟興奮地推薦，「這家的龍蝦超級好吃，妳一定要試試！」

聽她這麼說，我更餓了。

我點點頭，起身朝取餐區走去，琳瑯滿目的美食映入眼簾，令人垂涎欲滴。我拿起盤子，打算每道菜都試一試，正要夾起食物時，一名年輕女孩走上前來。

「請問……妳是韓卓琳嗎？」

我閉了閉眼，內心湧現深深的無奈。

在心底嘆了口氣，我放下夾子，揚起官方微笑側轉過頭，「嗯，我是。」

「天啊！可以跟妳拍照嗎？我很喜歡妳！」她迸出驚呼，接著轉身向附近的朋友招手，「是韓卓琳耶！」

女孩這一喊，周圍所有人都朝我看來，表情均是又驚又喜。

我下意識低下頭，抬手想壓低帽簷，卻摸了個空，我今天根本沒戴帽子。這時我眞的很希望Vivi也在，她總是能在不得罪粉絲的情況下，幫我婉拒這些要求。

人群逐漸聚集，我想我今天大概不用吃飯了。

「當然可——」我勉強擠出笑容，正要答應，卻被一道低沉好聽的嗓音打斷。

「抱歉，她今天是私人行程，不方便合照，請見諒。」

我抬頭看向說話那人，微微睜大了眼，還沒反應過來，官燁便一手搭上我的肩，護著我走出人群。

「那個人是誰？也是藝人嗎？」

「難道是韓卓琳的男朋友？」

我無暇顧及身後的議論紛紛，只是凝視著官燁輪廓立體的側臉。他比我高出一顆頭，站在他旁邊很有安全感，彷彿他能幫我擋下所有危險。

我已經想不起上一次有過類似的感受是什麼時候了，即便是申宇天，也未能帶給我這樣的感受。

雖然我拍過許多場男主角解救女主角的戲碼，但是在現實生活中，當我陷入無助時，能毫不猶豫走到我身旁，帶我逃離的人卻是少之又少。

心頭像有一陣微風輕拂而過，颳起一波淡淡的漣漪。

我微低下頭，嘴角悄悄揚起一抹弧度。

官燁將我拉到取餐區的另一頭，確認遠離那群粉絲後，他才鬆開搭著我肩膀的手。那一瞬間，我心裡居然泛起一絲小小的眷戀，方才被他觸碰的位置，似乎仍殘留著他掌心的溫度。

「謝謝。」我搔了搔臉，有點不好意思。

「妳都不會拒絕人？」他看著我，眉頭微皺。

「嗯。」我沒否認，「剛出道時，曾經有個粉絲要求跟我合照，那時因為要趕通告，我委婉拒絕了，隔天對方便在網路上爆料說我耍大牌，這件事讓我留下了陰影。」

人特別會記得第一次，那是我進入演藝圈後，第一次收到負評，也是我第一次哭。

「妳這樣會很累。」他像是無法理解。

「現在已經算輕鬆了。」

不用趕行程、不用背劇本、不用在鏡頭前哭得死去活來、不用爲了拍下雨天的戲淋成落湯雞、不用爲了追求完美把一場戲拍上二十次……只是跟粉絲拍個照，不算什麼。

官燁沒聽出我話中的自嘲，只是無奈搖頭。

我們繞了取餐區一圈，他的食慾似乎不太好，盤子上只裝了幾樣東西，我則拿了滿滿兩大盤食物。

回到座位，我開始大快朵頤，很快清空其中一盤，正準備朝第二盤進攻時，注意到身邊的人都用驚奇的眼神看著我。

我將嘴裡的食物嚥下，疑惑地摸摸嘴角，「怎麼？我臉上有東西嗎？」

「喔，沒有啦。」陳思吟笑著搖頭，「原來女明星吃起飯來跟我們普通人一樣，我本來以爲妳們都是小鳥胃，整天只吃沙拉或是水煮雞胸肉之類的。」

我耳根子一熱，「抱歉，我實在太餓了。」

「不是啦，我只是覺得妳完全沒有明星架子，有些不可思議，畢竟《好想你》這麼紅！」陳思吟解釋，一雙大眼睛充滿好奇，「《好想你》爆紅之後，妳戲約應該接不完吧？怎麼會突然回學校念書？」

我知道遲早會有人這麼問，所以早已準備好答案，「我從十六歲出道到現在，幾乎沒有停止工作過，真的有點累了，才想休息一陣子，也趁這個機會把大學念完，畢竟我都二十四歲了，再拖下去，可能就不會有回學校的勇氣了。」

坐在正對面的官燁，神情若有所思，我分辨不出他是否相信我的說詞。

我說的是事實，只是省去了一些細節。

「原來如此。」陳思吟點頭，沒有懷疑，「妳說妳十六歲就出道，是從小就夢想當演員嗎？」

「沒有。」我搖頭。小時候的我，連有沒有明天都不知道，哪敢談什麼夢想。

「那妳是怎麼走上演員這條路的？」陳思吟繼續問：「妳爸媽也是從事相關行業嗎？」

我遲疑了幾秒，想著要說出官方回答，但不知怎麼地，話到了嘴邊，卻又改口：「其實……我是單親。」

坐在附近的同學都睜大了眼睛，沒有人說話。

「爲了養家，我媽做過很多份工作，幫傭、超市員工、餐廳服務生，都跟演藝圈沒有一點關係。」我陷入回憶，娓娓道來，「高中時，有一天我在路上被找去上節目，就這麼誤打誤撞進了這個圈子。」

進入演藝圈後，媽媽總是告誡我不要對外透露家庭背景，她怕我被人看不起，即使我從來就沒有因爲她的工作而覺得丟臉。有她這樣的媽媽，我感到無比驕傲。

那雙長滿繭的手、那張比她實際年齡看起來蒼老的臉龐、那雙總是掛著疲憊的眼睛……她爲我做的犧牲，我這輩子都還不起。

過去爲了不讓媽媽操心，我對「家庭」這個話題從來不會談論太多，如果有人問起媽媽的職業，就以「服務業」簡單帶過。

但現在我不想再繼續隱瞞了。

說完，我再次迎上官燁的視線。他表面上沒有太大的反應，但眼眸中那抹細微的驚訝，我看得一清二楚。

我突然開始好奇，在官燁眼裡，我是什麼樣的人？

陳思吟和其他同學依然沒有出聲，甚至有些不敢看我。

見氣氛變得尷尬，我連忙笑了幾聲，故作輕鬆道：「我並非科班出身，只是很幸運遇到了貴人，演藝之路才能比別人順遂很多。」

「妳太謙虛了啦，妳不只是幸運，也很有實力，妳演的每一部戲都超好看！」陳思吟並不完全贊同，「不過我眞的有點訝異，我一直以爲妳是千金小姐，可能是因爲妳特別有氣質吧。」

「卓琳，妳爸媽是做什麼的？」

申宇天也曾問過同樣的問題。

從我口中得知眞相後，他眉頭皺起，眼中浮現複雜的神情。

當時以爲他是心疼我的遭遇，後來我才明白，他會有那種反應，是因爲他第一次意識到我們之間的差距如此巨大。

「或許是我演的角色都偏向這種類型吧？」我聳肩，「像《好想你》的徐千雨從小就被父母保護得很好，角色形象多少會給大家帶來錯覺。」

陳思吟點點頭，「看《好想你》的時候我哭超慘，妳把徐千雨這個角色詮釋得很好，好像妳就是徐千雨一樣，而且妳連哭戲都很美！」

「身爲一個演員，這眞的是最好的讚美了。」我由衷道。

「卓琳，妳明明只比我們大兩、三歲，但妳感覺好成熟喔！」陳思吟繼續誇我。

「可能是我高中就開始工作，所以給人的感覺比較老成吧？」我笑了笑，看向官燁，補了一句玩笑話，「我的內心或許比官教授還老。」

有幾個同學被我的話逗笑，陳思吟也轉頭看向始終沉默不語的官燁，打趣道：「老師，你呢？爲什麼會想來我們大學任教？你學歷這麼好，又長得這麼帥，跑來教我們這群拐瓜劣棗，是不是有點暴殄天物？」

大家的注意力立刻換到官燁身上，我暗自慶幸自己成功轉移焦點。

「沒有什麼特別的原因。」官燁徐徐說道：「我從小就特別喜歡讀書，很自然就走上教職這條路。」

「可是老師你都念到哈佛了，怎麼會想回來臺灣教書？」另一名女同學問，表情曖昧，「該不會是爲了女朋友吧？」

官燁微微一怔，像是被說中了一樣。

「眞的假的！老師，你死會了喔？」

「也是啦，老師條件這麼好，怎麼可能單身。」

「老師，你跟你女朋友交往很久了嗎？」

「不是爲了女朋友。」官燁搖頭澄清，頓了幾秒才又開口：「是爲了家人。」

這時，服務生如同救星般出現，拿著帳單來到桌邊，終止了這個話題。

官燁從皮夾裡拿出一張黑卡，交給服務生，我認出那是美國運通最高等級的百夫長卡，持卡門檻高得嚇人，刷卡額度沒有上限。以前楊總請吃飯，總喜歡有意無意拿出那張卡揮個幾下，深怕別人不知道他有黑卡。

官燁有這張卡讓我有些意外……難不成他是富二代？

他身上確實有種低調的貴氣，但如果他家這麼有錢，爲什麼他會選擇來學校教書？

此時官燁放在桌上的手機螢幕亮起，他拿起來一看，皺了皺眉。我注意到他盤中的食物吃不到幾口，也一直心不在焉。

服務生很快拿著帳單回來，官燁沒有檢查明細便簽了帳單，接著從皮夾拿出另一張普通信用卡交給陳思吟，壓低聲音說：「班代，妳說同學們聚餐結束後想去唱歌，對嗎？費用沒有上限，不要太超過就好，還有不要告訴其他同學，最重要的是注意安全。」

「天啊，老師你人太好了吧！」陳思吟用兩隻手恭敬地接過他手中的卡，假裝拭淚，像是突然靈光一現，興奮地提議，「不如老師你跟我們一起去吧？」

「不了，你們年輕人玩得開心就好。」他搖頭。

「老師，你也沒比我們大很多啊，連助教都比你老耶！」陳思吟不理會官燁的拒絕，轉頭大聲問其他人：「各位，等一下去KTV，想要老師跟我們一起去的舉手！」

除了我和官燁，在場所有人都舉雙手贊成。

官燁的表情有些爲難，似乎正在想著該如何拒絕。

「卓琳，妳也會來吧？」陳思吟一臉期待地看著我。

「呃……」我頓了頓，遲疑地點頭，「嗯，我應該沒事。」

「太棒了！」她雀躍地說道：「有老師還有大明星，今天晚上肯定很好玩！」

我和官燁面面相覷，感覺自己像是誤上了賊船。

來到錢櫃，陳思吟帶領大家搭電梯到頂樓最大的包廂。

原本訂的是普通中型包廂，但許多本來沒有要來的同學，聽說我和官燁也要去，臨時改變心意，人數暴增，陳思吟只好升級到最大的包廂。

一進包廂，大家便開始點餐點歌，我和官燁就像這群孩子的監護人，站在靠近門口的位置，安靜地旁觀。

我不是沒來過KTV，不過是第一次和這麼多人一起來，包廂爆滿的場景令我感到新奇。瞥了一眼旁邊的官燁，他彷彿和我有同感。

包廂裡的大螢幕亮起，音響播放出五月天的歌曲，看來大家想先唱幾首快歌炒熱氣氛。這時，服務生拿著兩大箱啤酒、幾瓶烈酒還有飲料進來。

我大開眼界，現在的學生都玩這麼開？而且就算官燁很年輕隨和，但他終究是老師，怎麼好像沒有人意識到這點？

「老師，你不會介意吧？」陳思吟透過麥克風大聲問。

「注意安全就好。」官燁面不改色地回道。

聞言，大夥開心歡呼。

「卓琳，這給妳！」陳思吟遞給我一瓶啤酒。

「不行，我酒量很差。」我搖手婉拒。

陳思吟不理會我的推辭，打開啤酒塞到我手裡，「啤酒的酒精濃度很低，喝不醉的，妳不用擔心啦！」

不，我酒量眞的很差，是一口就醉的程度。

某次電影殺青宴，我不小心把Vodka當成開水喝了一大口，結果……我完全不記得那天晚上發生了什麼事，事後聽工作人員說，我做了很多平時不會做的事，而我不打算探究我到底做了些什麼。

「乾杯！」陳思吟舉起手中的啤酒。

我無奈一笑，慢呑呑地舉起啤酒和她碰瓶，啜了一口。許久沒接觸酒精，啤酒冰涼帶些氣泡的口感讓我蹙眉，過了幾秒才將嘴裡的液體嚥下。

有了酒精的加持，包廂內很快陷入狂歡，五光十色的燈光、震耳欲聾的音樂、瀰漫在空氣中的淡淡煙酒味，大家都跟著音樂的節奏搖擺，而我和官燁就像兩個掃興的大人，只是坐在沙發上置身事外。

我正思索著是不是該找官燁搭話，他卻突然起身走出包廂，像是爲了接電話。

下一首歌的旋律響起，熟悉的吉他前奏使我的心猛然一顫。

抬頭一看，大螢幕上出現我的臉。

是申宇天的〈好想你〉。

「卓琳！這首歌是爲妳點的，妳一定要唱！」陳思吟大喊，並指揮旁邊的人，「把麥克風傳給卓琳！」

拜《好想你》電影賣座所賜，申宇天爲電影創作的同名主題曲也成了今年最火紅的抒情歌，YouTube點閱數已突破三千萬，是KTV必點的歌曲之一。

我來之前沒想到這件事……

「抱歉……我有點忘了怎麼唱，還是給別人唱吧。」我還想推辭，身邊的幾個女生卻合力將我拉到包廂中間。

音樂開始，我遲遲沒有出聲，大家似乎以爲我是因爲害羞不敢開口，所有人便一起跟著唱，聲音大到整個包廂都在震動。

「卓琳，不用害羞！」陳思吟幫我加油打氣。

我尷尬一笑，硬著頭皮將麥克風舉到面前，跟著螢幕上的字幕小聲唱出副歌，「想你想到失眠，我也無法改變……」

看著歌曲MV，我腦海中閃過許多回憶，申宇天親吻我的額頭、牽我的手、爲我彈奏吉他，每一幕美好浪漫的畫面，如今卻顯得諷刺難堪。

思緒逐漸飄遠，我聽不見周遭的音樂和人聲，耳邊只剩下分手那天他對我說的話。

「對不起，我們之間的差距太大了。」

我感覺整顆心被一股窒悶感籠罩，低落的情緒毫無隱瞞地反映在臉上，幸好大家沉浸在旋律裡，昏暗的燈光下，沒有人注意到我的異樣。

當最後一個音落下，包廂裡響起熱烈的掌聲。

「卓琳，妳太棒了！」陳思吟上前一把勾住我的肩，對眾人吆喝，「我們喝一杯吧！敬我們班的大明星！」

這回，她倒了一杯Vodka給我。

「不行，我頭已經有點暈了。」我婉拒，這並非推託之詞，一瓶啤酒確實是我酒量的極限。

「拜託啦！大家都很想跟妳喝一杯！」陳思吟雙手合十，盈滿懇求的大眼讓我無法再拒絕。

看著同學們期待的眼神，我不想破壞現場歡樂的氣氛。

接過陳思吟手中的杯子，我屏住呼吸，一口將杯中的酒液吞下，濃重的酒精味和嗆辣的口感襲來，噁心的感覺在胃裡猛烈翻騰，我連忙喝了好幾口水，想沖淡口腔裡殘留的味道。

「我去一下廁所。」我勉強擠出一抹笑，快步走出包廂。

一進到洗手間，我立刻掀開馬桶蓋，開始乾嘔。

我分不出這不舒服的感覺是因爲酒精作祟，還是因爲那首歌勾起了我不好的回憶。

「卓琳，我寫這首歌的時候，腦海中想的都是妳。」

申宇天第一次彈奏〈好想你〉給我聽時，曾這麼說。

是啊……你是想著我寫的，但你腦海中的我，卻不是眞正的我。

是你對我的想像。

過了好一陣子，我才緩緩移動到洗手臺前，雙手撐在臺邊，閉了閉眼，深吐出一口氣，試圖擺脫那股頭昏腦脹的不適感。看著鏡中的倒影，我知道自己醉了，雙頰泛紅，心跳變快，腦袋也無法集中思緒。

整理了一下儀容，走出洗手間，我視線有些模糊，眼睛對走廊上刺眼的白光特別敏感，一個沒注意，我撞上迎面而來的人，突來的衝擊使我整個人往後仰，幸好對方眼明手快地摟住我的腰，順勢將我納入懷中。

我的臉頰貼上一堵厚實的胸膛，抬起頭，目光便跌進一雙深邃的眼眸裡，我和官燁互看了好幾秒，他才鬆開我。

重獲自由，我連忙後退一步，拉開彼此之間的距離。

「抱——」正要開口道歉，我注意到官燁正在講電話。

「叔叔，關於我跟徐婕的事情，眞的很抱歉。」他一臉嚴肅，語氣凝重，「徐婕是個很好的女孩子，她值得比我更好的人……對不起，讓您失望了。」

徐婕就是他那個美麗的前女友吧？他今天一直心神不寧，是因爲她？

我愣愣地盯著官燁看，直到他掛上電話。

他將手機收回口袋，抬眸看向我，「身爲一個『小有名氣』的演員，走路不看路，這樣好嗎？」

「抱歉。」我眨了眨眼，努力讓自己清醒一些，「我頭有點暈。」

「妳醉了。」他皺眉。

我是醉了，酒精像魔鬼一樣操控我的大腦，使我失去理智與自制力，看著他的臉，埋藏在心裡已久的疑問毫無修飾地脫口而出：「官燁，你有一張那麼好看的臉、那麼好的學歷、那麼漂亮的女朋友，還有那麼多崇拜你的學生，爲什麼要這樣傷害自己？我眞的想不通。」

他一愣，顯然沒有料到我會突然講這些，那雙總是淡然的眼眸湧現出複雜的情緒，像是有些悲傷。

他沒有回答我的問題，而他的沉默像一記無聲的巴掌，用力將我打醒，這時我才意識到自己講了不該講的話，他又露出與那晚相同的受傷眼神，這次卻是我造成的。

該死，我到底做了什麼……

我懊惱地摀著臉，後悔自己酒後胡言亂語，卻也明白自己經說出去的話無法收回。

「對不──」

「韓卓琳。」

這是他第一次喊我的名字。

「妳違約了。」官燁的語氣平靜到令我頭皮發麻，「不是說好不提這件事嗎？」

我突然有種喘不過氣的感覺，「對不起。」

丟下這句話，我像個做錯事的小孩一樣，轉身快速跑開，卻忘了今天穿著短靴，才跑沒兩步就不小心一個踉蹌，差點被自己絆倒。

身後傳來官燁發出的一聲嘆息，他扶住我的手臂，「妳該回家了。」

如果可以，我想要立刻消失。

「我的皮包還在包廂……」我弱弱地說道。

官燁和我一前一後走回包廂，短短的路程彷彿有一公里那麼長。

原本我想拿了皮包就回家，但一打開包廂門，所有人都朝我們看來，興奮高呼。

「老師，你終於回來了！」一名男同學指向大螢幕，「我們幫你點了一首歌！」

「我不會唱歌。」官燁皺眉拒絕，大家卻沒有打算輕易放過他。

「老師，你不用害羞！這是一首男女對唱，有人會陪你一起，別擔心！」陳思吟笑嘻嘻地說道，接著視線落在我身上，「不然卓琳妳陪老師一起唱好了。」

「蛤？」我身子一抖，連忙搖頭，「我不要。」

然而大家並不理會我和官燁的推拒，一群人同心協力把我們兩人拉到包廂中間，塞給我們各一支麥克風。

這首歌是林俊傑和蔡卓妍的〈小酒窩〉，很經典的男女對唱曲。

我看向官燁，他心裡的不自在全部反映在臉上。前奏落下，男生的唱段已經開始，官燁卻遲遲沒有出聲，同學們紛紛跟著唱，幫官燁加油打氣。

「誰替我祈禱，替我煩惱，爲我生氣爲我鬧……」官燁終於開口，雖然聲音有點小，但音準很正確。不同於林俊傑清亮具張力的聲線，官燁的嗓音偏低沉柔和，爲這首歌做了另一種詮釋。

接著輪到女生的唱段，我怯怯地唱了起來，眼睛完全不敢看官燁，暗自祈禱這首歌趕快結束。

輪到男女合聲唱段時，全場齊聲合唱，包廂裡迴盪著二十多個人的歌聲。歌曲結束後，眾人大聲拍手歡呼。

放下麥克風，我抬手摀住發燙的臉頰，感覺腦袋比剛才更昏沉了，我知道自己該回家，但處在如此歡快的氛圍中，我不受控制地被這股熱鬧感染。

「卓琳！要喝嗎？」陳思吟舉起酒杯問我。

「好啊。」這回我沒有推辭，很乾脆地答應了。

陳思吟似乎有些訝異我的爽快，但還是幫我倒了酒，拉著我和一群人乾杯，我連續喝了三杯，然後，好像就沒有然後了，只覺得世界天旋地轉……

當我恢復意識的時候，人已經不在包廂，而是在錢櫃的大廳。

「老師，卓琳好像喝得滿醉的，怎麼辦？」陳思吟憂心忡忡，「原來她說自己酒量很差是眞的……」

我勉強撐開眼皮，只見陳思吟一手攙扶著我，官燁則站在我的另一側。

「卓琳，妳住哪裡？可以給我地址嗎？」陳思吟輕拍了拍我的背，聽我口齒含糊地報出住址後，她歉疚地對官燁說：「我送她回去吧，她會這麼醉，大部分是我的責任。」

「妳住附近嗎？」官燁問。

「我住板橋。」

沉默了幾秒，官燁說道：「我送她回去，她家和我家同一個方向，我會把她安全送回家的。」

他從陳思吟手裡接過我，走到門外招了一輛計程車，將我推上車。

我在哪裡？

眨了眨眼，眼前的景象依舊模糊，彷彿在看一部年代久遠的電影，畫質粗糙。

老舊的公寓、破爛的傢俱、陰暗的客廳……這幕場景如此熟悉，和腦海深處那個我拚命想抹去的記憶重疊。

我看見一名乾瘦的小女孩背對著我，坐在地上玩積木，一旁沙發上躺著一名呼呼大睡的男子，客廳桌上滿是空酒瓶和菸蒂。

忽然，小女孩不小心撞倒了堆疊的積木，刺耳的碰撞聲響驚醒了男子。

「幹！」男子咒罵了一聲，從沙發上起身，「不是叫妳安靜一點嗎？」

「對、對不起，爸爸……」小女孩顫抖著道歉，「我不是故意的。」

「媽的，養妳這沒用的東西，整天只會給我找麻煩！」他走到小女孩身邊，用力踢了她一腳，「妳這個掃把星，從妳出生就沒好事！」

「對不起……」小女孩的聲音裡充滿恐懼。

「整天只會吃我的、用我的，跟妳媽一樣，一點用處都沒有！」男子又踢了小女孩一腳。

明明那只是回憶的幻影，我全身上下每一粒細胞卻都能感覺到疼痛。

小女孩反覆道歉，並開始哭泣，這更加惹毛了男子。

「吵死了！閉嘴！」他一把抓起女孩嬌小的身軀，走進臥室，將她扔進衣櫃，然後用椅子將門抵住。

「對不起，我錯了！放我出去！我不會再發出聲音的！」

小女孩歇斯底里地哭喊，手用力搥著衣櫃的門，卻沒有人回應。

「對不起！」

「對不起……」

我想打開衣櫃解救小女孩，短短幾步路的距離卻變得越來越遠。我邁開步伐，用盡所有力氣狂奔，卻怎麼樣也觸碰不到衣櫃。

耳邊迴盪著女孩淒厲的哭喊，我摀起耳朵，仍隔絕不了這個聲音，反而越加清晰。

倏地，周遭的燈全部暗下，我什麼也看不見，黑暗慢慢將我吞噬。我想呼吸，卻吸不到空氣，彷彿有一雙手用力掐住我的喉嚨。

「韓卓琳……」

「韓卓琳！」

絕望之中，我聽見有一道低沉的嗓音在呼喚我。

是誰？

「韓卓琳，妳醒醒。」

我猛然睜開雙眼，從床上坐起，大口呼吸著新鮮空氣，在看清身側那張俊秀的面容後，我不由得倒抽了一口氣，「你、你怎麼會在這裡？」

我不安地環顧四周，這裡是我的房間，窗外的天色還是黑的。

爲什麼官燁會在這裡？

他坐在床緣，沒有回答我，眼睛往下看。

我順著他的視線看去，才發現我的左手正緊緊抓著他的右手腕。

「啊，抱歉！」我連忙鬆手，他白皙的肌膚浮現紅腫的手印，「對不起、對不起，我——」

「不要再說對不起了。」他打斷我的道歉，正色說道：「妳沒有做錯什麼，不需要跟我道歉。」

「對——」下意識又想道歉，但迎上他的目光，我立刻將剩餘的兩個字吞回肚裡。

酒精造成的暈眩還沒有完全退去，我摀著隱隱作痛的頭，努力回想自己是怎麼回到家裡的，記憶卻有一大片空缺，只記得和官燁合唱完後，我和陳思吟乾杯，喝下一杯滿滿的酒……

「妳還好嗎？」官燁眼裡沒有責怪，也沒有平時的冷漠，反而流露出擔憂，「妳剛才哭得很傷心。」

我抬手摸上臉頰，觸摸到一片濕意，隨即慌張地抹去未乾的淚痕，但夢裡的畫面歷歷在目。

「我做噩夢了。」我將臉埋入雙臂與膝蓋之間，低聲說道。

明明連那個人的長相都記不清楚了，他卻總是出現在我的夢裡，他的臉是模糊的，可是他的聲音、氣息、動作都如此真實，令我感到害怕。

我搖搖頭，試圖甩去內心的恐懼，重新抬頭看向官燁，「是你帶我回來的？」

「妳真的什麼都不記得？」他語氣夾藏著一絲試探。

「怎麼了？」我突然感到緊張，忐忑地問：「我有做出什麼丟臉的事嗎？」

「除了在計程車上吐了我一身，害我被司機趕下車，賠了他兩千塊清理費之外，妳沒做什麼。」官燁面無表情答道。

我感到無地自容，想挖個洞把自己埋起來，「對不起。錢我會賠給你的，衣服我也會幫你洗乾淨。」

「沒關係，不用。」他果斷婉拒，小聲呢喃了一句：「不過沒想到妳這麼瘦，力氣卻意外地大……」

「對不起……」目光落在他右手腕的紅腫上，我更內疚了，我不知道自己爲什麼會緊抓著他不放，還在他面前哭。

除了拍戲，我在別人面前哭泣的次數屈指可數，就連梅姊和媽媽的告別式當天，我也是在只剩下我一個人的時候才流得出眼淚。

原本以爲官燁會酸我幾句，但他只是擰起眉頭，「我說了，沒關係。」

可是我還是覺得很抱歉。

「妳休息吧。」他起身，看了我一眼，「以後別喝酒了。」

望著他準備離開的背影，不知道是哪來的衝動，我居然伸手拉住他的衣角。

「怎麼了？」他回過頭看我。

「你可以……再陪我一會嗎？」我小聲說道：「等我睡著再走。」

夢裡的恐懼依舊在我心裡揮之不去，即使此刻房裡燈火通明，我卻不受控制地顫抖，彷彿有一道無形的黑影在附近徘徊，等待著在我落單時，將我吞噬。

「妳是女明星，深夜邀請一個男人留下來，這樣好嗎？」他微微挑眉，「我又不是聖人。」

「你也不是壞人。」

他明明可以把我送回家就逕自離開，但他沒有這麼做，反而陪在我身邊。

「我也不是女明星。」我可能還是有點醉吧，連說話都不再有所顧忌，「我只是一個平凡人……」

一個會感到害怕、感到孤單、感到寂寞的人。

官燁沒有說話，他盯著我，目光沉靜，我難以解讀他心中的想法。

他應該覺得我很荒謬吧？

「拜託你……」我知道這麼做很不矜持，但我現在很需要有人可以依靠。

官燁眼裡閃過一絲波瀾，輕嘆了口氣，在我床邊地上坐下，背靠著床緣。

沒想到他眞的答應了我無理的要求，我安心地重新躺下，默默凝視官燁輪廓立體的側臉。

有他的陪伴，我心中的恐懼少了許多，急促的心跳也漸漸平緩下來。我們之間的距離很近，近到我幾乎可以感受到他的每一次呼吸。

官燁伸手想要關掉床頭的燈，我立刻阻止他，「別關。」

他的手停在半空中幾秒，緩緩收回，「快睡吧。」

他沒有看我，雙手搭在膝蓋上，兩眼直視前方，表情若有所思。我忽然想起自己在KTV走廊上對他說過的那番話，以及當時他受傷的眼神。

我還欠他一個道歉。

「對不起。」

他側過臉，對上我的視線，「妳如果再說對不起，我就要走了。」

「我是爲了在KTV對你說的話道歉。」我抿了抿脣，「我根本不了解你，不該用個人觀點評論你。」

他臉上閃過一絲錯愕，像是沒有預料到我會爲此道歉。

「我小時候生過一場病……」我翻身看向天花板，避開他的視線，手抓緊著棉被，「接受治療的那段期間，我每天都害怕看不到明天的太陽，所以對於『死亡』比較敏感。」

這是我最大的祕密，也是我從來不向別人提起的過去。

「我也有過『也許死了比較簡單』的想法，但是想起那些爲了讓我活下去而辛苦努力的人，不管今天再怎麼痛苦，現實再如何殘酷，我都沒辦法輕易放棄生命。」我頓了幾秒，才又開口，「或許你不認爲我那天的舉動是救了你，甚至可能覺得我多管閒事，但是你倒在我的面前，我不可能放著你不管。我不知道你經歷了什麼，但我希望你能夠再給自己一次機會……因爲你值得。」

我們都值得。

「還有，就算你沒有幫我選課，我也不會跟別人談論你的隱私，我不是那種人。」我瞥了官燁一眼，他依舊看著我，始終沒有作聲。「不過我眞的很感謝你幫了我這個忙，把大學念完是我媽對我的期望，也是我現在唯一能爲她做的事。」

房間裡一片寂靜，唯一能聽見的是空調運轉的聲音。

「好了，我說完了。」我深吸了口氣，怕自己又得罪他，「如果冒犯到你——」

「我沒有想要死。」

我愣怔了下，「什麼？」

「傷口深度沒有觸及動脈，死不了的，頂多流點血而已。」官燁淡淡說道。

那你爲什麼要傷害自己？

我心裡浮現這個疑問，卻沒有問出口。

「很抱歉把妳捲入我的私生活，如果可以，請妳把這件事忘掉。」他將視線移回前方，「睡吧，別再想了。」

我閉上眼，試著入睡，卻又擔心一睡著就會回到可怕的夢境，在床上翻來覆去。

「你有失眠過嗎？」我忍不住出聲。

「很常。」

「那你失眠的時候都怎麼辦？」

「妳不會喜歡我的方法的。」官燁語氣平靜無波。

爲什麼？因爲你都吃安眠藥？我暗自猜測。

「我怕睡著又會回到剛才那個夢。」我用手臂擋住雙眼，「究竟要怎麼做才能忘掉？」

這二十年來，當我以爲自己已經成功將那段回憶完全抹去時，夢魘就會再次造訪，提醒我它是我的一部分，會一輩子跟著我。

「不要忘。」官燁的聲音輕柔宛若羽毛，在寧靜的夜晚聽來，卻顯得響亮有力，「等到妳想起那些夢不再害怕時，就代表妳贏了，噩夢不再是噩夢，只會讓妳變得更堅強。」

不知道爲什麼，這番話讓我一陣鼻酸，或許是殘餘的酒精在我體內作祟吧。

我壓抑住想哭的衝動，嗓音帶著一絲哽咽，「你明明很友善，爲什麼平時總是冷著一張臉，視我爲陌生人？」

在等待他的回答時，倦意漸漸朝我襲來，眼皮越來越沉重，直到失去意識的前一刻，我才隱約聽見官燁略帶悲傷的話聲。

「因爲妳看到我最懦弱的樣子。那才是真正的我，而我討厭這樣的自己。」

✦

隔天早上醒來，房間裡只有我一個人，彷彿昨晚的一切都是我幻想出來的。

我心裡泛起淡淡的失落。

酒醉的感覺已然退去，但頭還是隱隱作痛，像是有人拿著針不停刺著我的後腦勺。

我走下床，準備進浴室梳洗，瞥見床頭櫃上放著兩粒白色的藥丸、一杯水，還有一張紙條。拿起紙條一看，上面用工整的字跡寫著：頭痛藥。

這短短的三個字，使我的嘴角揚起一抹弧度。

窗外的天空是晴天，我的心情也是。

Chapter 3

深秋的陽光溫暖柔和，涼爽的微風輕拂過臉龐，我戴著耳機聽歌，準備前往校門對面的咖啡廳赴約。

一通陌生來電打來，遲疑了片刻，我按下接聽，「喂？」

「卓琳。」電話另一端傳來熟悉的聲音。

「Vivi？」我皺眉，「妳換手機號碼了？」

「沒有，這是我的另一組號碼。」她頓了幾秒才解釋：「我怕楊總知道我聯絡妳，所以不想用公司的手機打給妳。」

一提到楊總的名字，我彷彿被人潑了一桶冷水，心情驀地沉了下來，「怎麼了嗎？」

「妳現在在哪裡？」

「我在……」我硬是把「學校」兩個字吞回去，「外面。有什麼事嗎？」

「我傳一樣東西給妳，妳看一下。」Vivi的口氣很不尋常，我不禁皺起眉頭。

幾秒鐘後，我收到她傳過來的照片檔案，點開一看，瞬間倒抽一口氣，「這是哪來的？」

儘管光線昏暗，照片畫質有些模糊，我仍能一眼看出照片中的人是我和官燁。他背著我走在大街上，我雙手環抱他的脖子，頭靠在他的肩膀上，醉得不省人事。

「除了在計程車上吐了我一身，害我被司機趕下車，賠了他兩千塊清理費之外，妳沒做什麼。」

「不過沒想到妳這麼瘦，力氣卻意外地大……」

原來那天晚上他那番話，是這個意思。

「有人爆料給週刊。幸好週刊總編是我朋友，之前欠過我人情，他第一時間聯絡我，並允諾不會刊出。卓琳，這到底是怎麼回事？」Vivi嚴肅地問。

「呃……」我猶豫該不該跟Vivi說實話。

「卓琳，別對我隱瞞。」

Vivi的語氣帶著我無法反抗的威嚴，我只好實話實說，「我去KTV，然後喝醉了……」

「妳去唱歌還喝酒？」Vivi驚呼，「那個男的是誰？妳交男朋友了？」

「他不是我男朋友。」我立刻否認。

「那他是誰？」Vivi沒有要放過我的意思。

我不知道該如何解釋我和官燁之間的關係。

師生？鄰居？朋友？最後一項好像還稱不上。

「韓卓琳，這不是小事。」見我遲遲不答，Vivi火氣一下子上來，「妳是公眾人物，大半夜喝得醉醺醺跟一個男人在一起，要是被爆出來，會被說得多難聽，妳有想過嗎？那個男的到底是誰？」她越說越激動，最後一句幾乎是用吼的。

我無奈地解釋：「他是我學校的教授，剛好住在我新家隔壁。那天我喝醉了，被趕下計程車，他好心送我回家。」

「什麼？學校教授？」Vivi一時反應不過來，語氣充滿疑惑，隨即恍然大悟，「妳復學了？」

「嗯。」

「爲什麼這麼重要的事沒告訴我？妳沒有沒有想過——」

「妳連打電話給我都要用另一個號碼，我如果打給妳，妳會接嗎？」我打斷她的咆哮，冷淡地說道：「Vivi，我們共事這麼多年，除了梅姊，妳是我在這個圈子最信任的人。我始終把妳當成姊姊看待，但妳有想過我此刻的心情嗎？」

Vivi原本是電視節目的企劃，後來轉行成爲經紀人，和我在同一時期進入公司。

她是我的第一個經紀人，而我是她的第一個藝人。

Vivi的性格跟梅姊有些相似，都是說話直接、行事果斷、獨立自主的女強人。她們擁有我沒有的特質，我一直都很尊敬她們。她們說東，我不敢往西。

過去八年，Vivi就像我的姊姊。當我遇到困難時，她會出面幫我解圍；當我難過時，她會給予我安慰並爲我出氣；當我做錯事時，她會唸我兩句，即使口氣不好，字句間卻充滿關心。可是就像天下所有的姊妹一樣，總會有意見不合或是吵架的時候，例如現在。

此時的我，最不需要的就是她的大聲指責。

大概是沒料到我會有這種反應，Vivi突然一句話都說不出來。

「我已經沒有家人也沒有工作了，我只是想完成我媽生前的心願，把大學念完，這樣很過分嗎？」

過了半晌，Vivi軟下態度道：「對不起，卓琳，是我沒有顧慮到妳的心情，我知道今年對妳來說特別難受……妳從不讓別人看到妳脆弱的一面，久而久之，我也忘了妳不是鐵打的。」

我沒有接話，只是靜靜聽Vivi把話說完。

「我剛才不該吼妳。」她嘆了一口氣，「只是自從妳被冷凍之後，楊總每天都給我很大的壓力，畢竟孫娜娜那件事我也有責任。如果那天我沒有丟下妳，事情也許不會演變至此，我不希望妳又被爆出什麼負面新聞。」

聽Vivi這麼說，我明白她是爲了我好，怕我又惹楊總不開心，方才不悅的感受頓時消去不少。

「對不起，我不該瞞著妳回學校。還有，孫娜娜那件事是我自己闖的禍，妳不需要自責。」我也向她道歉，瞇著眼睛看向天空，「梅姊總是告訴我，要我不要多管閒事，捲入他人的糾紛，她肯定對我很失望。」

「就算如此，這件事也沒有嚴重到需要冷凍妳半年。之前其他人鬧出更大的事，也只休息一兩個月而已。」Vivi語氣先是氣憤，接著轉爲無奈，「唉，楊總和梅姊向來不對盤，妳是梅姊捧紅的，又比楊總底下的人來得爭氣，好劇本上門每次都指定要妳演出，楊總心裡一直很不舒服，這次才會刻意借題發揮……」

「原來是這樣。」我忍不住自嘲一笑。

即使爲公司賣命工作，只因我並非老闆的人馬，所以這些努力和付出都不算數。沒有了梅姊，我不過是一樣隨時會被拋棄的物品。

「Vivi……」我輕聲喚道，心裡的話卻說不出口。

我好累，累到想放棄。不單單是演藝事業，而是所有的一切……

「卓琳？怎麼了嗎？」Vivi敏感性察覺到我不太對勁。

我回過神，揮去腦中的負面想法，「我需要收入。付完我媽的醫療費、喪葬費，還有欠親戚的錢之後，我戶頭沒剩多少錢，上次飲料廣告的款項也還沒收到。」

雖然平時吃喝用度開銷不大，但還得支付房租。早知道會被公司冷凍，我肯定不會搬到現在的住處，但要是提前解約，我將損失一筆數目不小的押金。

「知道了，我會私下幫妳打聽有沒有合適的廣告或通告。」

「謝謝妳。」

「卓琳……」Vivi的聲音浮上一絲哽咽，「我很想妳。」

「我也是。」我嘆了一口氣。

「我現在帶的這個新人快把我氣死了，連出道作品都還沒有，就以爲自己是巨星，整天拿我當他的助理使喚。我有在考慮是否要休個長假，等妳的冷凍令解除，我再回來……」

「妳確定嗎？」我開玩笑，「沒收入真的不太好過。」

「唉，說的也是。」

跟Vivi聊了幾句後，我掛上電話。

秋陽曬在身上似乎沒那麼溫暖和煦了，涼風吹拂過來也帶著幾分寒意。

走進咖啡廳，放眼望去只剩下幾個零星的座位。期中考將至，店裡坐滿了埋頭苦讀的學生，一片安靜。

我很快找到坐在角落的陳思吟，走過去拉開她對面的椅子坐下，「對不起，剛才臨時有點事，耽誤了一點時間。」

「妳真的很愛道歉耶。」陳思吟抬起頭打趣道，「沒事，我下禮拜也有考試，本來也就要念書。」

「不要再說對不起了。」

驀地想起官燁皺眉要我別再道歉的模樣，我有些恍神，隨即解釋：「我只是覺得很不好意思，還要妳在準備期中考期間抽空教我。」

「不會，能教我的偶像是我的榮幸！」陳思吟俏皮地眨眼，自信滿滿，「我進到大學截至目前還沒有拿過九十分以下的成績，妳不用擔心，我一定會讓妳每科都過關的！」

「謝謝妳。」我雙手合十，滿懷感激。

我總覺得無論上課再怎麼用心聽講、課後再怎麼捧著課本研讀，還是有許多知識點無法掌握。

當初選擇經濟系就讀，是想著萬一演藝事業失敗，還有一條方便就業的後路，但現在我卻得擔心自己無法拿到學分順利畢業。

昨天剛好在學校附近遇到陳思吟，閒談中提到了我的煩惱，她主動提議幫我複習。我清楚自己的程度落後大家太多，也不推辭，萬分感激地接受了她的幫助。

「那我們先從簡單的開始好了。」她戴上眼鏡，像個小老師。

我趕緊從背包裡拿出講義和筆記本。陳思吟表面上看起來愛玩，講起課來卻頗具學霸的架勢，課本內容和考古題，她都解釋得有條有理，對我提出的問題，也都能耐心解答。

「還有哪一科有問題嗎？」

幫我複習完選修科目之後，她氣定神閒地喝了口咖啡，臉上絲毫不見倦容，而我感覺自己用腦過度，全身像是快虛脫了似的。

「呃……」我抿了抿脣，「計量經濟學。」

由於計量經濟學偏技術性，需要具備良好的統計學背景，原本我擔心陳思吟會嫌教我很麻煩，沒想到她居然開心道：「計經？我這科最強了！」

「真的？」我心下如釋重負，「太好了，我上課完全聽不懂。」

「妳是修官燁的課？」

「嗯。」我點頭。

「咦？很多同學之前修劉教授的計經被當，這學期選官燁的課重修，他們都說官燁的教學方式清楚易懂，難道不是嗎？」陳思吟有些驚訝。

我乾笑了幾聲，小聲道：「我想應該是我個人的問題吧。」

陳思吟噗哧一笑，好奇地問：「話說回來，那天離開KTV後，官燁有送妳回家嗎？」

我倏地回想起那天晚上的許多細節，官燁擔憂地看著我的眼神、我向他說出了從未對其他人提起的過去、他留在我的房間陪我入睡，還有剛才那張他背著我走在深夜街道上的照片……

我略微慌亂地點頭，「嗯，有啊。」

「那就好。抱歉，我那天玩太瘋了，沒想到妳的酒量眞如妳自己說得那麼差。」她一臉歉疚。

「沒關係啦。」我笑了笑。

「不過妳喝醉超可愛的！」她打趣道：「妳平時在學校還有在螢幕上給人的感覺很文靜，沒想到喝醉之後放超開，完全是兩個不同的人！」

「天啊！好丟臉。」我雙頰一陣燥熱，一點也不想知道自己那天晚上做了什麼事。

「不會啦，大家都覺得妳很有趣！」陳思吟大笑，「說到這個，官燁眞的很照顧妳耶！那天一堆男生一直要敬妳酒，官燁幫妳喝了好幾杯，不然我記得之前不管是誰過來敬他酒，他都拒絕了。」

「有這回事？」我很驚訝。

「對啊！他大概幫妳喝了三、四個shot，眉頭皺都沒皺，超man的！」

我放在桌子底下的手不自覺握緊。

官燁，你到底幫了我多少？

我沒多想便脫口而出：「思吟，妳聽說過任何關於官燁的事嗎？」

陳思吟微微一愣，似乎沒料到我會問這個問題。

「呃，我的意思是……」我連忙想要解釋，但話還沒說完，陳思吟便興奮地抓住我的手。

「卓琳，妳和我眞的是心有靈犀耶！」她壓低嗓音，卻難掩激動，「我前幾天才跟我幾個朋友討論這件事，誰叫官煒這個人實在太讓人好奇了！」

我默默鬆了一口氣，故作輕鬆地出言試探：「那妳們有討論出什麼結果嗎？」

「喔，可多了！」陳思吟搖頭晃腦道：「首先，他超級帥，光是顏值就屌打線上一堆男藝人，來當老師簡直是太浪費了。雖然他外表高冷，但其實內心很柔軟，他對學生很友善，也很有耐心，要是能多點笑容，那就更完美了！」

仔細回想起來，雖然官煒偶爾會微微勾起脣角，但我的確沒見他眞正笑過。

不知道他笑起來會是什麼樣子。

「還有，他超級聰明。」陳思吟繼續對官煒一頓猛誇，「他只用了三年就從美國史丹佛大學畢業，後來到哈佛念經濟學博士，二十五歲拿到學位，畢業論文還登上美國最頂尖的財務期刊。聽說他畢業時，哈佛經濟系給他聘書要他留下，他卻決定回臺灣。」

「好厲害……」我低喃，反觀自己已經二十四歲了，還在憂心大學能否畢業。

「眞的！」陳思吟大力點頭，「官煒之前都教總體經濟學，如果知道他今年會開計經，我肯定不會去年就把那門課修了，我現在超後悔的！」

見她那副誇張的模樣，我忍不住笑出聲。

「再來，官煒『應該』是單身。」陳思吟特別加重「應該」這兩個字，似乎並不是很確定，「那天聚餐，他說他會回臺灣是爲了家人，不是女朋友；而且要是他有女朋友，那天不見得會幫妳擋酒，甚至主動提出送妳回家。」

「他只是在盡老師的職責而已啦。」我連忙澄清。

「也有可能是他抵擋不了妳的魅力。」陳思吟淘氣地眨眨眼，然後言歸正傳，「怎麼說呢？我從他身上感受不到戀愛中的感覺，我的直覺一向滿準的。」

我想起官燁那個美麗又有氣質的前女友，如果連這種等級的女生都不能收服他，很難想像什麼樣的女人才能入他的眼。

「最後一點……」陳思吟停頓片刻才說道：「官燁家裡應該滿有錢的。」

「嗯。」我同意她的說法。

「妳也這麼覺得？」

「他請班上同學吃那麼高級的餐廳，必須得要自掏腰包吧？」

陳思吟進一步解釋：「不只是這樣。官燁身上穿戴的服飾雖然看上去低調，但其實都是高級品，又出國留學多年，所以我想他的家世應該不錯。」

「也是。」我點頭。

加上官燁的前女友很明顯是千金小姐，通常富家子弟會選擇家世匹配的對象交往。這點，我再清楚不過。

「不過聽說他大都將重心放在教學上，研究做的比較少，好像不打算長久待在教育界。」陳思吟單手托著下巴，一臉惋惜，「總之——」

話還沒說完，陳思吟的手機忽然響起，接聽後她的表情轉爲凝重。

掛上電話，她露出無奈的笑，「抱歉，我朋友機車拋錨，要我去接她，我可能要先走了。」

「喔，沒事！妳趕快去吧。」我搖手，莞爾道：「謝謝妳今天抽空幫我複習。」

「要是妳還有其他不懂的地方，可以打電話問我。」陳思吟匆匆離去前不忘囑咐我。

看著陳思吟留下的空位，我忍不住嘆了一口氣，聽完她的一通分析，我怎麼覺得更看不明白官燁這個人了？

「因爲妳看到我最懦弱的樣子。那才是眞正的我，而我討厭這樣的自己。」

官燁這句話是什麼意思？

他到底是什麼樣的人？

✦

離開咖啡廳後，我來到吉他社社辦，原本想著這時候正值期中考，應該不會有人過來，不料還沒進到教室，便聽見裡頭傳出一道悅耳的歌聲。
是任尚衡，他正抱著吉他自彈自唱。

You're my water when I'm stuck in the desert
You're the Tylenol I take when my head hurts
You're the sunshine on my life

〈Best Part〉詞／曲：H.E.R. & Daniel Caesar

任尚衡沉浸在旋律之中，沒有注意到我的悄然走近。

自從進入吉他社後，我跟任尚衡幾乎沒有互動，他大部分時間都和其他資深社員待在一塊。

這還是我第一次聽他開口唱歌。

他的嗓音厚實溫暖，唱腔帶著R&B的味道，情緒拿捏收放自如，搭配吉他輕快的節奏，我頓時像身在一座幽靜的森林，氛圍放鬆，心中的壓力一掃而空。

我終於明白，爲什麼王可悅會爲他沒有去當歌手而感到惋惜。

一曲唱畢，任尚衡唇角勾起微笑，緩緩抬起頭。當他兩眼迎上我的目光，嘴角的弧度瞬間垂下，神情錯愕，彷彿不想被我撞見這一幕。

「妳怎麼會在這裡？」

「呃……最近準備考試壓力有點大，想說過來練習一下吉他紓壓，沒想到你也在這。」我說的是實話。

「我幾乎每天都會在這。」他的語氣聽不出情緒。

「這樣啊。」我有點不知道該如何接話，試圖想要打破尷尬，「剛才那首歌叫什麼？很好聽。」

「〈Best Part〉，Daniel Caesar跟H.E.R.的歌。」任向衡起身朝我走來，將手中的吉他交給我，「這把給妳彈。前幾天其他社團辦活動要借吉他，我想說期中考這段期間應該不會有社員過來，就全借了，現在社辦只剩這把。」

「喔，沒關係，你用吧！」我搖手，「反正我也不太會彈，你繼續彈吧。」

他眉頭微微皺起，「妳加入吉他社，不就是想學吉他嗎？」

「是沒錯……」我一時語塞。

「妳有什麼特別想學的曲子嗎？我看妳平時都在練一些基本和弦，應該很無聊吧？」

我感到訝異，他居然有注意到這點。

由於我剛入社，所以王可悅平時的教學都專注在基本技巧上，沒有教眞正的曲子，而身爲新手，我也不敢主動提出要求。

「我想學〈Yesterday〉。」我想都沒想便答。

「Beatles的？」這回換他驚訝。

「嗯。」我點頭。

「看不出來妳喜歡的音樂是這種類型。」他低笑，身上的疏離感一下子淡去。

任尚衡抱著吉他，靠坐在桌邊，修長的手指按著琴弦，先試了幾個音，接著彈起耳熟的前奏。他彈奏技巧熟練，隨著旋律唱出歌詞。

Yesterday All my troubles seemed so far away
Now it looks as though they're here to stay
Oh, I believe in yesterday
Suddenly, I'm not half the man I used to be
There's a shadow hanging over me
Oh, yesterday came suddenly
Why she had to go, I don't know, she wouldn't say
I said something wrong, now I long for yesterday

〈Yesterday〉詞／曲：Paul McCartney

伴隨著他柔美的歌聲，好多回憶驟然湧上心頭。

媽媽疲憊的身影、堅強的笑容、眼中的愧疚……

那些好像只是昨天的事，今天我的世界卻只剩下我一個人。

媽媽，我好想妳。爲什麼妳一定要離開？

好希望可以回到有妳在身邊的時光，即使我們每一天都活得那麼辛苦，我也不在乎。

「這首歌的和弦雖然不難……」任尙衡停止撥弦，抬頭看向我，眼睛微微瞠大，「妳怎麼了？」

我對他的反應感到納悶，下一秒，一滴水珠落在手背上，我不由得一愣。

我居然哭了。

「抱歉。」我側轉過身，快速抹去淚水，「我媽生前很喜歡這首歌，你唱得太好聽了，所以我不小心就……」

我很懊惱自己破壞了好不容易轉好的氣氛，扭頭面向任尙衡，只見他眉頭微皺，像是在考慮如何回應比較恰當。

過了半晌，他才說：「抱歉，我不知道妳媽媽的事……」

「沒事，可能因爲最近壓力比較大，才會特別想念她。」我擠出一抹笑，故作輕鬆道：「我加入吉他社，就是希望能學會這首曲子，哪天可以彈給她聽。」

任尙衡沉默了幾秒，像是在考慮什麼，「這首曲子的和弦雖然不難，但整首歌有許多轉折點，混合一些貝斯和撥弦的技巧，如果想彈好，需要多練習。我們先從主要的和弦開始學吧。」

「啊？」我一瞬間沒反應過來，「現、現在嗎？」

「不然呢？」他坐直了身體。

「喔，好。」我連忙點頭，暗自想著難道他不用準備期中考？居然願意現在就教我。

「首先，這首歌的主要和弦是G、Am、C、D……」他邊說邊示範如何彈奏，並看向我，「像這樣，懂嗎？」

「嗯……」我遲疑地點頭。

任尚衡重複示範了幾次，將吉他交給我，「換妳。」

我接過吉他，而任尚衡雙手環抱胸前，模樣像個準備驗收成果的老師。他總是讓我有種他比我年長的錯覺。

憑著記憶，手指壓上琴弦，可是彈出來的和弦卻完全不是我想要的。

見狀，他忍不住小聲嘆了口氣，伸手將我的手指移到正確的位置，「G應該是壓這裡才對，Am是這裡，然後C是這裡……」

任尚衡耐心地教導我，不知道過了多久，我終於成功彈出正確的音。

「好，妳回家就先練習這些，等熟悉之後，再學撥弦的技巧。」說完，他又低喃了一句：「看來王可悅都只教妳基本和弦是有原因的。」

「抱歉，真的很謝謝你。」我慚愧地低下頭。無論是念書、彈吉他，或是演戲，我都未能擁有過人的天賦，都得透過許多練習，才能達到最終的成果。

「不用謝。」任尚衡淡淡地說，動手收拾東西。

「你唱歌很好聽，吉他又彈得這麼好，我聽可悅說你參加過歌唱比賽，難道沒想過朝演藝圈發展嗎？」我好奇問道，並開玩笑，「如果你成為歌手，搞不好會比申宇天還紅。」

我這句話本意是稱讚，但任尚衡似乎不這麼認為。

「我不喜歡申宇天的歌。」他皺了下眉，「他的歌旋律雖然抓耳，但詞寫得太過虛幻美好，沒有真實感。現實是無奈、苦澀的，但從他的歌裡卻完全感覺不到。」

申宇天出道三年，因〈好想你〉這首歌爆紅，人氣飆漲，躍升新生代男歌手代表人物。他精通多種樂器，能自行創作詞曲，還能駕馭抒情、饒舌等演唱風格。這是我第一次聽到有人不喜歡他的歌。

「我也不喜歡申宇天。」我短促地笑了聲。

「他不是妳的緋聞男友？」任尚衡挑眉。

我微微一愣，隨即佯裝鎮定，打趣道：「你難道是我的粉絲？這種週刊的三流八卦你也知道。」

「想太多。」他不留情面地否認，「申宇天跟我住在同一棟大樓。我看過你們兩個走在一起，互動很明顯是男女朋友。」

這次，我再也無法掩飾心中的錯愕，表情瞬間僵掉。

「他爸爸是韓裔美國人，在臺北開了一間醫美診所，我媽偶爾會去那裡光顧，所以有點交情。不過我跟申宇天不熟，只能算是點頭之交。」任尚衡話鋒一轉，「不過妳跟他交往，不會太委屈妳了嗎？」

「什麼意思？」

「妳的知名度比他高很多。」他聳聳肩，「妳跟他過去交往的類型也不太一樣，我媽去看診的時候，好幾次聽他爸抱怨兒子的感情生活。」

「是嗎？我們早就分手了。」我自嘲一笑，誰教我沒通過申宇天家裡的標準。

「喔……」任尚衡吶吶地應聲，意識到自己提起了一個敏感的話題，話鋒一轉，「回到妳剛才的問題，我確實有想過要當歌手，當初才會參加比賽，但也因此發現自己並不適合演藝圈。」

「怎麼說？」我是眞的不解，他在這行絕對是可塑之才。

「比賽那段期間，我察覺自己漸漸失去對音樂的熱忱。每次上臺表演，滿腦子想的都是『別人會怎麼看我』、『評審會怎麼想』、『我這樣唱大家會喜歡嗎』，唱歌不再讓我開心，只覺得壓力大到快喘不過氣。」任尚衡幽幽地說：「我不知道妳在演藝圈這麼多年，是否還能保有初衷？但我知道一旦進了演藝圈，我會很痛苦，因爲我會開始討厭我最熱愛的事，也因爲那次經驗，導致我現在不太喜歡在人前唱歌。」

所以他剛剛看到我，反應才會那麼錯愕。

只有自己一個人的時候，他才能眞正享受唱歌的樂趣。

「初衷……」我無奈一笑，「我沒有抱著那種東西進這個圈子。未曾擁有，自然也無謂失去。」

我雖然不討厭演戲，但也沒有到熱愛的地步。如果不能再演戲，我甚至也覺得無所謂。

「也許像妳這樣，才最適合演藝圈。」他低笑。

我思忖片刻又說：「不過，演員和歌手本質上不太一樣。歌手會將自己的特質、理念和情緒放入作品中，你的音樂作品同時也反映了你這個人；而演員則是詮釋一個虛構的角色，但那個角色並不代表我們。」

「也許吧，反而是觀眾時常無法將演員和角色區分。」任尙衡看著我，表情若有所思，「當初看《好想你》，我覺得妳本人的性格和徐千雨這個角色應該很相似，認識妳之後，我還是這麼認爲。妳們都是表面上看似正向，內心卻有點悲觀的人。」

我心下驚訝，他的確很敏銳，竟然僅透過幾次相處就能看出這點。

「在我演過的角色裡，徐千雨確實與我最爲相似。」我垂下眼簾，不無感慨，「但是她比我幸運，她遇到一個能接受她的不完美的人。這在現實世界裡，可遇不可求。」

「世上沒有人是完美的。一個人的不完美，反而讓這個人更眞實。」任尚衡緩緩說出自己的看法。

「看不出你也有這麼感性的一面。」我抿脣一笑，不知道爲什麼，聽見他這番話，我的心情頓時變好了些。「既然不當歌手，那你畢業之後有什麼打算？」

「考律師執照或念研究所吧。我是眞的想當律師，大家老是一副好像我沒進演藝圈很可惜的樣子，其實我覺得很困擾。」

這時，任尚衡的手機響起，他迅速接起，從對話聽起來像是和家人有約。

結束通話後，他對我說：「我等一下有事，妳要是還想練習，可以繼續待在這裡。」

「沒關係，我也該回家了。」我將吉他小心放入箱包。

「那改天見。」他背起包包，不忘叮囑，「記得練習。」

「知道了，拜拜。」我向他揮手道別，起身準備收拾東西，一陣暈眩卻猛然襲來，眼前驀地一片黑，我下意識扶住桌角，把放在桌上的手機碰掉在地上。

「妳沒事吧！」走到門口的任尚衡急得跑回來扶我。

視覺漸漸恢復，我看見他的臉孔染上驚慌，「我沒……」

話還沒說完，我便感覺到一道溫熱的液體從鼻腔裡流出。

「妳流鼻血了。」他睜大眼。

我連忙將頭往前傾，用手捏住鼻翼試圖止血，鮮血卻持續冒出，沿著我的手滴落，在灰色地板上開出血色的花。我在心裡暗罵一聲，手忙腳亂翻著包包，想找面紙，裡面卻只有書本。

任尙衡二話不說脫下身上的外套遞給我，「用這個。」

「不用了，我不想弄髒你的衣服。」我推辭。

「別囉唆，快點。」他硬是將外套塞給我，不容拒絕。

我只好接過外套摀住鼻子，一股洗衣精的清香撲鼻而來。

「對不起。」我懊惱皺眉，「我會買件新的賠給你。」

「沒關係，不用。」他果斷地說。

我最近怎麼老是在毀掉別人的衣服？先是酒醉吐在官燁身上，這次又用任尙衡的外套擦鼻血。

「我常這樣，過一會就好了。」我擠出笑容，「你先走吧，別耽誤你的行程。」

他不置可否，只是靜靜地陪在我身旁。

十五分鐘過去，我的鼻血還是沒有止住的跡象，任尙衡的表情也越來越凝重，「怎麼會這麼嚴重？我帶妳去醫院吧，這不太正常。」

他正要拉我往外走，我阻止了他，「我沒事。」

「流鼻血雖然是小事，但血流不止就有可能是重大疾病的徵兆，徐千雨就是這樣，妳應該最清楚不是嗎？」他著急地說道。

「任尚衡。」我定定地看著他，認眞道：「我知道。」

他一愣，眼裡多了一絲震驚，似乎猜到了什麼，緩緩收回手。

同時，我感覺鼻血似乎止住了，慢慢拿開外套，「看吧，停了。大概是最近壓力太大了，不用擔心。」

「嗯。」他依舊皺著眉頭，「妳要怎麼回家？」

「走路，我住的地方離這裡不遠。」

「我送妳回家吧。」

「不用麻煩了。」我連忙婉拒。

我推拒無果，他堅持帶著我坐上一輛停在校門前的黑色轎車。

「媽，可以請妳順路載我朋友回家嗎？」任尚衡問駕駛座上的婦人。

「可以啊。」婦人欣然答應，從後照鏡看向我，「同學，妳住哪裡？」

人都上車了，我不好意思再拒絕，緩緩說出地址，並點頭致謝，「不好意思，麻煩您了。」

「不會，順路。」婦人搖搖手，爽快地笑道。

原以爲車上氣氛會有些尷尬，沒想到任尚衡的媽媽很健談，一路上問了我許多問題，偶爾調侃任尚衡幾句，母子間的有趣互動讓短暫的車程充滿了笑聲。

回到家後，晚上我找出許久沒彈的吉他，練習新學會的和弦，嘴裡一邊輕哼

〈Yesterday〉的旋律。

我又想起媽媽了，但這一次，回憶裡的我們是快樂的。我沒有哭，而是笑了。

✦

正式進入期中考週，我抱著緊張的心情迎戰每一場考試。好不容易熬到星期五，只剩下最後一門考試，是我最擔心的計量經濟學。

教室裡的靜謐透著一股無形的壓迫感，所有人都低頭翻閱筆記，想趁考前僅剩的幾分鐘做最後努力。我找了一個後排的空位坐下，一抬眼，看見官燁站在講臺上準備考卷。

或許是因爲今天不必講課，他的穿著比平時休閒許多，和一旁的助教站在一起像是同輩人。

自KTV那天之後，我和官燁私下沒有更多互動，也不曾在住處大樓巧遇。每次上課他不經意地往臺下看過來，我總會下意識側頭避開他的目光，一想起那天晚上發生的事，我就覺得無地自容。

上課鐘聲響起，官燁和助教開始發放考卷，並開口說道：「考試時間六十分鐘，寫完可以提早交卷。有任何問題，請留在座位上舉手，我或助教會走過去找你。」

一拿到考卷，眾人便埋頭作答，教室裡一片安靜，只剩下紙張翻頁和寫字的聲響。

原以爲考題會很艱深，寫完第一頁後，卻發現題目比想像中簡單，所有題型都是官燁上課講解過或作業出現過的，也沒有陷阱題，我心中的忐忑逐漸煙消雲散。

有這種想法的應該不只有我，考試時間過了約莫一半後，陸續有同學提前交卷。

我趕緊加快答題的速度，然而當我翻開考卷最後一頁，視線卻突然變得模糊，接著一陣熟悉的暈眩感湧上，眼前開始天旋地轉。

我低下頭，一滴鮮紅的血珠滴落在考卷上，隨即在紙上暈開，我還沒反應過來，第二滴、第三滴血便接連滴落。

我心中一慌，連忙從包包找出面紙。自從上次突然流鼻血，我便在包包裡放了兩包面紙，以防萬一，沒想到這麼快就派上用場。我抽了幾張面紙，擦去口鼻間的血跡，並捏住鼻翼兩側止血，同時試著將注意力轉回考卷上，然而鼻血卻仍持續湧出，頭暈的感覺也沒有緩解。

我不得不放下筆，一手摀著鼻子，另一手撐著額頭，暫時閉上眼睛休息，完全沒留意到時間的流逝，直到下課鐘聲驀地響起，

「時間到，請停止作答，將考卷交到講臺。」官燁宣布。

我猛然睜開雙眼，考卷最後一頁還是空白的。慘了！我在心中哀號。

其他同學紛紛拿起考卷往講臺走去，教室裡頓時人聲鼎沸，我感到頭暈更甚。

待教室裡的人潮散去，我才緩緩起身，一手拿著面紙摀鼻，另一手拎著考卷，踩著沉

重的步伐前去交卷。

「妳怎麼了？」官熚看著我，臉上流露出擔心。

「我沒事。」我有氣無力地把考卷放到講桌上就想離開。

他一把拉住我的手腕，語氣變得強硬，「妳衣服都是血，怎麼會沒事？」

我低頭一看，只見白襯衫有好幾處血漬，確實怵目驚心。

雖然學生幾乎都走光了，但助教還在。看見官熚拉住我，助教驚訝地睜大眼，眼中閃爍著八卦的光芒，官熚卻好像完全不在乎。

我連忙抽回手，不希望官熚被人誤會。

「只是流鼻血而已，不是什麼大事。」語畢，我轉身邁開腳步。

不料走沒幾步，暈眩感越來越嚴重，眼前猝然一片漆黑，我整個人無力地往前倒去。

「韓卓琳！」

失去意識的前一秒，我的耳邊響起官熚驚慌失措的聲音。

再次醒來時，我躺在一張單人床上，抬手探向鼻子，鼻血已經止住了，也不再感到頭暈目眩。

環顧左右，四周的簾子隔絕了外頭的光線。我猜這裡應該是學校醫務室，而非醫院急診室，因為沒有醫院那股難聞的消毒水味，也不吵雜。

我正想坐起，卻聽見官燁在簾外憂心忡忡問道：「她的情況還好嗎？需要送醫院嗎？她身分比較特別，我怕帶她去急診會引來不必要的關注，才先帶她過來這裡。」

「流鼻血不是什麼大事，但她的出血量有點大，如果已經不是第一次發生，我會建議到醫院做更精密的檢查。」回答官燁的是一名女子，「她血糖值偏低，這可能是造成昏倒的原因，我幫她做過初步處置，接下來就是等她醒來。」

「我知道了。」官燁緩緩應道。

「她是演員，對吧？我記得她好像演過一部電影滿紅的，我聽我女兒提過。」女子嘆了一口氣，「盛宇的課業壓力本來就大，前陣子好多學生跑來做心理諮詢，她必須同時兼顧工作和課業，怎麼承受得了啊？」

「是啊……」

「你也是，別太辛苦了！最近失眠的情況有好轉嗎？」

「好很多了，謝謝妳。」

「唉，這間學校不管對老師還是學生都造成很大的壓力，難怪有人就算成績能塡盛宇也不一定會來。」女子語氣無奈。

兩人的對話似乎就此停止，一陣腳步聲由遠而近，下一秒，官燁輕輕拉開簾子，像是怕吵到我。

看到我已經清醒，他驚訝地快步走到我身旁，「妳醒了？感覺還好嗎？」

「抱歉……」我避開他的視線，小聲道：「你肯定覺得我很麻煩吧？」

「比起這個，我比較擔心妳的身體狀況。妳很常這樣？」

「這是第二次，可能是最近壓力太大了。」雖然嘴巴上這麼說，我心裡卻浮現另一種猜測，而那讓我感到害怕。

「別把自己累壞了。」官燁輕嘆一口氣，眼中似乎隱隱流露出疼惜，「不管是工作還是學業，都沒有身體重要。」

他的話讓我莫名感到一陣鼻酸。

我總是告訴自己要堅強，遇到任何困難或不順心的事，都盡量不表現出低落，我不想帶給旁人更多壓力。官燁短短幾句話，卻輕而易舉把我習慣築起的牆拆除，將我軟弱的那一面展露無遺。

我側過臉，不想讓官燁看到我情緒化的反應。

沉默半晌，我低聲說道：「我搞砸了。」

「什麼意思？」

「剛才考試的時候，我突然流鼻血，頭也很暈，沒辦法專心答題，所以沒能寫完考卷。」我放在棉被底下的手不自覺緊握，「我搞砸了。」

最後一頁的考題占總分的百分之三十五，代表就算其他題目全部答對，我最高也只能拿到六十五分。先前花了這麼多心力拚命念書，如今卻功虧一簣。

「這只是一次考試，跟妳的健康比起來是一件小事。身體不舒服不是妳的錯，也不是妳能控制的，妳不應該感到自責。」官燁皺起眉頭，試著安慰我。

偏偏就是因爲我無法掌控，才更不甘心。這種感覺就好像上天在刻意捉弄我，先給我希望，讓我以爲努力就可以成功，再冷不防從暗處絆我一跤，嘲笑我的天眞。

「爲什麼我什麼事都做不好？」我用手遮住眼睛，忍不住嗚咽，「感情、工作、課業……」

全都一塌糊塗。

過去幾個月累積的委屈再也壓抑不住，淚水慢慢浸溼了衣袖，沿著我的側臉滑落，「爲什麼好像所有事都在跟我作對？我到底做錯了什麼？」

明明今年應該是我人生的巔峰，爲什麼我卻掉落谷底，一無所有？

我現在僅剩的願望就是完成學業，如果連這個目標都無法達成，我還能做什麼？

我越想越難過，抽泣聲迴盪在這處寧靜的空間裡。

官燁始終沒有作聲，我以爲他已經悄悄離開了，突然我感覺到有人輕輕替我拭去臉上的淚水。

移開遮住眼睛的手，淚眼矇矓間，我迎上官燁專注的目光。

之前我總覺得他那雙眼眸如同深淵，讓人難以看清，但此刻他看著我的眼神卻盈滿溫柔，與過去冷漠高傲的模樣判若兩人。

「這個世界上沒有人是完美的，妳不需要對自己太嚴苛。」他輕聲說道：「妳已經做得很好了。」

又是一句如此簡單的話，卻直接說進我的心坎。

那瞬間，我好像忘了呼吸，只是望著他，心中彷彿有一道暖流流過。

在我生命中所有重要的人都離我而去之後，沒想到還會有人對我說這樣的話。

過了許久，我才哽咽道：「謝謝你……」

眼淚又不由自主地落了下來，怎麼樣也止不住。

我不知道自己哭了多久，只知道官煒一直待在我身邊，沒有離開。

Chapter 4

「卓琳！」

一打開診間的門，坐在辦公桌前的那人立刻起身朝我走來，給了我一個一如記憶中溫暖的擁抱，寵溺地摸摸我的頭。

這麼多年過去，他已經從充滿熱血的實習醫師，蛻變成穩重成熟的主治醫師，但在我心中，他永遠都是那個陪伴我渡過人生最難熬時光的大哥哥。

「好久不見，子賢哥，你最近還好嗎？」我微笑，並向他身後的護理師揮手，「宣恩姊好。」

「唉，我的生活，妳也知道……」他坐回位子上，一臉無奈。

「薛醫師整天都待在醫院，根本沒有生活可言。」宣恩姊毫不留情地調侃。

「妳說話真的越來越過分了。」子賢哥假裝不滿地瞪了她一眼。

「子賢哥，工作雖然重要，適當的休息也很重要。」我笑著說。

「沒想到當年身高只到我腰間的小妹妹，已經到了會教訓我的年紀了。」子賢哥半開玩笑道，「妳自己呢？還在忙拍戲嗎？」

「沒有。」我搖頭，「拍完《好想你》之後，我就沒再接戲了。」

「是因爲妳媽媽的事嗎？」他眼裡流露出歉意，「抱歉，伯母告別式那天我有個重要手術走不開，沒辦法參加。」

「你別這麼說。」我搖手，「我媽住院那時，你來探望她很多次，你那麼忙還特地抽空過來，已經很有心了。」

「那是應該的，伯母以前也很照顧我……對了，伯母的靈位在哪？我想找一天去上香。」

「我把我媽的骨灰海葬了。她生前夢想著有一天能夠環遊世界，可惜沒有機會，我希望至少她的骨灰能隨著大海漂流至世界各處，也算是幫她實現願望。」我不無惆悵道。

「這樣也好，伯母一定會很開心。」子賢哥點點頭，「卓琳，妳一直都是個很好的孩子，轉眼間就長這麼大了……」

「而且變得這麼漂亮懂事，妳媽媽肯定很以妳爲榮。」宣恩姊附和。

「好啦，聊到都快忘了正事了。」子賢哥轉向一旁的電腦螢幕，點開我的體檢報告，「妳的白血球數量在正常範圍內，其他數據也沒有問題。通常療程結束後兩、三年沒有復發的話，表示之後復發的機率非常低，過去幾年妳的情況很穩定，應該可以不用太擔心。」

聽子賢哥這麼說，我總算如釋重負。

「除了流鼻血，妳還有其他症狀嗎？」

我遲疑片刻，糾結是否該提起昏倒的事，深怕引起子賢哥不必要的擔心，但我也明白自己不該隱瞞。

「上禮拜我突然昏倒……應該是因爲低血糖，後來就沒事了。」

「卓琳，妳不能過度疲勞，也不該讓自己承受太大的壓力。」子賢哥皺眉，「妳進演藝圈，我最不放心的就是妳的身體，尤其妳周遭的人並不清楚妳的身體情況，如果發生意外，他們不一定能正確應變。」

「我沒事啦，眞的！」我向他再三保證，「接下來幾個月都沒有規劃工作行程，我會好好休息的，你別擔心。」

「眞的？」子賢哥似乎仍舊將信將疑，他輕嘆了一口氣，叮嚀道：「要是身體出現任何不適，一定要馬上回來找我，知道嗎？」

「知道了。」我微笑答應。

離開診間後，我走向電梯，注意到有個小男孩獨自蜷縮在角落的椅子上，我忍不住朝他走去。

「弟弟，你還好嗎？」我在他面前蹲下。

小男孩緩緩抬頭，圓圓的大眼睛有著一絲畏懼，他盯著我看了半晌才小聲說道：「我迷路了。」

我發現他手上配戴著病患腕帶，便問：「你記得你的病房號碼嗎？」

「不記得，只記得病房好像是在五樓還是六樓……」

「這樣啊，那姊姊陪你一起找，好嗎？」我笑著向他伸出手。

他遲疑了許久，才握住我的手。

我帶著小男孩到五樓，在偌大的樓層裡走了好幾圈，卻徒勞無功。

拐過走廊轉角，只見前方診間門打開，一男一女從裡面走出。

「你這傢伙，以後如果再讓我到急診室找你，你就死定了，聽見沒？」年約四十多歲的女子身穿醫師白袍，嚴厲的語氣底下是濃濃的關心。

「知道了。」男子低聲回道。

男子背對著我，儘管看不見他的臉，我卻立刻認出了他的聲音，猛然一怔。

他怎麼會在這裡？

「吶，遲來的生日禮物。」女醫師將一個精緻的盒子遞給他。

「妳知道我不過生日的。」他語氣帶著無奈，「我不是小孩子了，妳不用送我禮物。」

「你在我眼裡永遠都是小孩子。」女醫師拍拍他的肩，眼神充滿慈愛，接著女醫師目光一轉，往我和小男孩的方向看了過來，驚訝地失聲道：「哲凱？」

「高醫生！」下一秒，小男孩掙脫我的手，朝女醫師奔去。

這時男子也跟著回頭，露出那張我再熟悉不過的俊秀臉孔。

「……韓卓琳？」官燁表情詫異。

「哲凱，你怎麼跑出來了？」女醫師蹲下身，將小男孩擁入懷中，神態有些著急。

「我一個人在房間有點無聊，出來走一走，就迷路了……」小男孩心虛地低下頭，抬手指向我，「是這位漂亮姊姊帶我回來的。」

女醫師向我點頭致謝，接著溫柔地摸摸小男孩的頭，「以後一定要先跟護理師姊姊說一聲，知道嗎？不然你突然不見，大家會很擔心的。」

「高醫師，今天謝謝妳了，妳忙吧，我先離開了。」官燁對女醫師說。

「嗯。」她嚴肅道：「記得，有什麼事一定要第一時間聯絡我。」

「知道了。」官燁無奈答應。

女醫師牽起小男孩的手，帶他回病房。走了幾步路，小男孩冷不防回頭向我揮手道別，可愛的小臉笑容燦爛，我忍不住勾起唇角，也向他揮手道別。

官燁走到我面前停下，語氣帶著一絲不明顯的擔憂，「妳怎麼會在這裡？生病了？」

近距離看著他的臉，我的心跳頓時不受控制地加快，竟什麼話都說不出來，過了半晌，才吶吶道：「定期檢查。」

「結果呢？」

「什麼？」我一時沒搞懂他的意思。

「定期檢查的結果。」他又說了一遍。

沒料到他會問這個問題，我怔了幾秒才回答：「一切正常。」

「那就好。」他沒再多問，邁開步伐朝電梯的方向走去。

望著官燁高䠷的背影，我回想起那天在學校醫務室的失態，以及他溫柔的安慰，忍不住懊惱地閉了閉眼，怎麼又在他面前露出脆弱的一面？我頓時有些不想面對他，只是在躊躇半晌後，又還是決定跟上前。

韓卓琳，妳是演員，只要裝作一副若無其事的樣子就行了，妳可以的。我在心裡這麼告訴自己。

官燁安靜地站在電梯前等待，似乎無意與我多聊，也沒有提起那天的事。很好。不過，其實還有另一件事一直懸掛在我的心上。

計量經濟學的期中考成績在考完試兩天後便公布了，班上平均成績是八十分，而我一如先前所預料，只拿到五十八分。

官燁同時發了封信給全班，大意是：若是個人的期末考成績比期中考高，則最後計算學期總成績時，只取期末考成績；而若是期末考成績未能比期中考高，則取兩者之平均作爲學期總成績。

他之所以這麼做，是因爲他認爲每個人的學習曲線不同，有些人吸收資訊的能力天生比較慢，但只要能在學期末時證明你掌握了這門課的知識，這才是他最看重的。

這對所有修這門課的學生無疑都是件好事，尤其是期中考沒考好的那些，例如我。

我不知道官燁是本來就打算這麼做，還是與我那天在他面前崩潰有關，但我只能假設是前者。就算我在他面前哭了又如何？他怎麼可能會爲了我這麼做？對他而言，我誰也不是。

想到這裡，我的視線落向他拿在手中的小盒子，那是那位女醫師給他的禮物，從盒子的大小與外觀判斷，我猜應該是飾品類的東西。

從兩人的互動和對話推測，官燁與女醫師應該熟識多年，不僅僅是醫病關係……

等等，他生病了嗎？

「你今天怎麼會來醫院？」我脫口而出。

聞言，官燁臉上閃過稍縱即逝的愣怔，恰巧電梯門開啓，他邁開步伐走入電梯，我跟在他身後。待他在電梯裡站定時，表情已然恢復如常。

「跟妳一樣，回診。」他簡單回答，沒有打算透露更多，而我也不敢繼續追問。

「你要回家嗎？」

「嗯。」

「太好了。」我微笑，「要一起搭車嗎？這樣可以省計程車錢。」

「我有開車。」他拒絕，並按下地下一樓的樓層按鈕。

「那順便載我吧。」我厚著臉皮說道。

官燁看向我，似乎有些無言，卻沒有拒絕，於是我一路跟著他到地下停車場，他從口袋拿出車鑰匙按下解鎖，前方一部帥氣的深灰色保時捷跑車亮起車燈。

我不由得睜大了眼。這是他的車？也太高級了吧！

他走過去打開駕駛座車門，抬眼看向仍處於驚訝狀態的我，淡淡說道：「我已經讓妳搭便車，就不幫妳開車門了。」

「喔，不用麻煩，我自己來。」我小心翼翼打開車門坐進車裡，一股好聞的男性香水味撲鼻而來。

官燁發動引擎、繫上安全帶，踩下油門開出停車場。我不禁東張西望，先是觀察車裡高科技的導航系統還有內裝，接著打量高檔的皮革座椅，在心裡默默讚歎。

「看夠了嗎？」他瞥了我一眼，「妳不是女明星？怎麼像個沒坐過車的小女孩。」

「我還眞的沒有坐過這麼高級的車。」我聳肩。

他無奈搖頭，沒再出聲，用手機連結車用音響播放音樂，隨之響起的吉他旋律……竟是〈Yesterday〉！

我不自覺開口輕哼，沉浸在音樂之中，遲了幾秒才注意到官燁在車子停紅燈時，一臉若有所思地看著我，像是覺得有趣。

「啊……抱歉。」我連忙停下，臉頰一熱。

「沒什麼好道歉的。」他沒有調侃我，只漫不經心道：「我以爲女明星愛聽的歌曲，會比較偏向流行音樂。」

「我媽是Beatles的歌迷，這是她很喜歡的曲子。」我忍不住又思念起媽媽，惆悵一笑，「老歌給我的感觸總是特別深，這是近來的流行歌沒辦法做到的。」

說著，我重新迎上官燁的視線，再次在他眼裡捕捉到那抹熟悉的柔和，這時音樂卻被一通來電打斷。

官燁拿起手機，按下接聽鍵，「喂，李叔。」

我聽不見詳細的對話內容，隱約感覺對方的聲音有些急迫，官燁眉頭皺起，神情多了一絲慌張，「好，我現在立刻回去。」

掛上電話，官燁一言不發，將車開上高速公路，往與住家完全相反的方向駛去，似乎忘了我也在車上。見他神態不對，我便也沒有作聲，安靜望著車窗外的景色，直至車子駛入市郊，來到一處由獨棟大宅組成的高級住宅區。

車子停在一扇氣派的鐵門前，幾秒鐘後，鐵門自動開啓，映入眼簾的是一幢華麗至極的歐風豪宅。

官燁轉頭看向我，彷彿終於想起我的存在，「抱歉，我家裡出了點急事，妳等我一下，我馬上就好。」

什麼?這裡是他家?看著眼前這棟宛若城堡的大房子，我瞠大了眼，原來他真的是富家子弟。

不等我回話，官燁便匆匆下車，我只好跟著下車。

「二少爺！」一走進大宅，一名上了年紀的老先生快步迎上前。

「李叔。」官燁一臉著急，「我媽呢？」

老先生還來不及回答，不遠處便傳來女人的尖叫還有哭喊聲，夾雜著玻璃破碎的刺耳聲響。官燁朝聲音的來源奔去，我跟在他身後來到客廳，只見一名中年女子坐在地上，正聲嘶力竭地暴哭，臉上全是淚水，四周散落著玻璃碎片與其他物品，周圍站著幾名不知所措的傭人，場面極度混亂。

「媽！」官燁衝過去，兩手扶住女子的雙臂，「發生什麼事了？」

一聽見他的聲音，女子瞬間止住哭泣，盈滿淚水的眼裡浮現不可置信，她舉起顫抖的右手，撫摸官燁的臉龐。

「小樹……」女子激動地抱住官燁，「小樹，媽媽就知道你沒事。我的乖寶貝，媽媽好想你，為什麼你這麼久沒來看媽媽？」

官燁表情明顯一僵，氣氛瞬間凝結，在場的傭人，包括站在我身旁的李叔，全都紛紛移開視線，一陣死寂籠罩室內。

「媽……」過了半晌，官燁緩緩開口，聲音聽起來有些苦澀，「我不是小樹。」

聞言，女子鬆開官燁，空洞的目光停在他臉上，「不是小樹？你怎麼會不是小樹呢？」

「媽，是我。」他勉強擠出微笑，「官燁。」

「官燁……」女子神情忽然變得驚恐，拚命搖頭，「不、你不是，你走開！把小樹還給我！」

她迸出歇斯底里的尖叫，不停搥打官燁的胸膛，又拿起地上的物品四處亂扔，而官燁卻沒有阻止也沒有閃躲，眼神猶如一灘死水，像是早已司空見慣。

目睹官燁木然的神情，我的心狠狠一抽，慢半拍意識到這似乎不是我該目睹的場景，連忙別過臉，思索著是不是該去哪裡迴避一下。

「小姐，妳是二少爺的朋友？」李叔突然出聲。

我遲疑了幾秒，點點頭，「嗯。」

「那請妳先隨我到別處休息一會吧。」他無奈苦笑，領著我步出客廳。

這幢富麗堂皇的大房子裝潢氣派，觸目所及皆是昂貴的進口傢俱及擺設，牆上也掛著一排出自名師之手的藝術畫作，以及一張……全家福合照。

我不由得停下腳步，盯著那張照片出神。

照片裡的官燁看上去只有十一、二歲，穿著筆挺的西裝，猶帶稚氣的臉龐有著尚未褪去的嬰兒肥。他左手邊站著一名和他長相極爲相似的男孩，兩人像是同一個模子刻出來的，只是官燁笑容靦腆，男孩卻是開懷大笑，笑得眼睛都瞇起來了。自相識以來，我從未見過官燁開懷大笑，所以才會猜笑容靦腆那人是他。

剛才李叔稱官燁「二少爺」，官燁左手邊那名男孩應該是他哥哥。

兩名男孩身後站著他們的父母。男人同樣穿著西裝，神情流露出在上位者的凜然自信，女人則容貌美麗，姿態秀雅，與方才我在客廳所見到的失控模樣截然不同。

不知怎麼地，我總覺得官燁父親的臉有些眼熟，卻想不起是在哪裡見過。

「小姐？」李叔疑惑地停在前方，我趕緊加快腳步跟過去。

李叔帶我來到英式維多利亞風格的後院，綠地廣大，花圃繽紛整齊，還有漂亮的池塘和涼亭。

「不好意思，小姐，讓妳看到這樣的場面。」來到戶外，李叔立刻送上一句道歉。

「沒事的。」我莞爾，「還有，我叫韓卓琳，您叫我卓琳就可以了。」

「好的，卓琳小姐。」李叔和藹一笑，卻仍在我名字後面加上「小姐」二字，「請問妳跟二少爺是怎麼認識的？他平時從來不帶朋友回來家裡。」

我搔了搔頭髮，解釋道：「其實我跟官燁不算是朋友，我們是……鄰居。剛才我在醫院遇到他，就搭了他的便車，但路上他接到您的電話，情急之下就載著我一起過來了。」

「醫院？」李叔眉頭皺起，「妳知道他為什麼會去醫院嗎？」

「好像是回診？」我努力回想，自己是在醫院五樓遇見官燁的，當時他似乎是從……精神科的診間走出來。

「回診？」李叔自言自語道：「難道他去見高醫師？」

「對，沒錯。」我點點頭，官燁的確是這麼喊那位女醫師的。

李叔臉上多了一絲驚訝，「他怎麼會去找高醫師？」

「官熚他……生病了嗎？」我小心翼翼地問。

李叔搖頭，「二少爺小時候接受過高醫師的治療。」

官熚的前女友也說過，官熚小時候的事讓他心裡有了創傷，他到底經歷過什麼？我很想探問，但理智提醒我，這種敏感的話題，不是我這個外人該打聽的。

「二少爺最近有什麼不尋常的地方嗎？」李叔看向我。

腦海中首先浮現的，是官熚倒在地上不省人事的畫面。這算不尋常嗎？

從李叔的反應，我推測他應該不知道這件事。

內心經過一番糾結，我最後還是搖搖頭，「對不起，我不清楚。」

「沒事。」李叔連忙搖手，「我只是擔心二少爺。他凡事總是悶在心裡，我是怕他出了什麼事，卻自己一個人默默承受。」

李叔眼裡的擔憂如此眞摯，我突然有股想要把事實告訴他的衝動，但我答應官熚不提這件事，就該說到做到，即使我知道這麼做不一定是對的。

「李叔，你在這個家工作很久了嗎？」

「嗯，大概快三十年了吧，二少爺出生前我就在這裡工作了。」

「那我可以問你一個問題嗎？」我嚥了嚥口水，「官熚……他是什麼樣的人？」

聽見我的問題，李叔忍不住輕笑，語氣充滿自豪，「二少爺從小天資聰穎，學習能力過人，別的孩子還在玩玩具，他已經開始讀文學名著，每天書不離手，像個小大人一樣，也因爲這樣，想法也比同齡的小孩早熟。他是個心思細膩敏感的孩子，卻因不擅長表達，常給人一種難以親近的錯覺，但他其實很善良，心也很軟。」

「有些時候，我實在很希望總裁和夫人可以多體諒他、多顧慮他的感受，別總是對他這麼嚴苛。」說到這裡，李叔嘆了口氣，「我一直覺得二少爺選擇當老師挺好的，比較適合他的性格，原本他想繼續待在美國，但總裁和夫人希望他能回來繼承家業。」

原來官燁會回臺灣，確實是爲了家人。

「官燁他家是做什麼的？」我不由得好奇心起，住得起這麼豪華的房子，我想肯定不是小事業。

「二少爺沒有跟妳說嗎？不過也是，他向來很低調……」李叔似乎有些驚訝，正要繼續解釋時，卻突然打住話，目光落向我身後，「二少爺！」

我回過頭，只見官燁神情疲憊走來。

李叔立刻著急問：「夫人還好嗎？」

「嗯。」官燁點頭，「王醫師替她打了鎮定劑，現在睡著了。」

「那就好。」李叔如釋重負，「抱歉，二少爺。總裁在美國出差，夫人忽然情緒失控，才麻煩你回來一趟。」

「辛苦您了，李叔。如果我媽有任何狀況，請您第一時間通知我。」官燁誠懇說道。

「我會的。」李叔點頭。

「那我先離開了。」官燁禮貌向李叔道別，隨後對我淡淡說了聲：「走了。」

他看向我的眼神冷漠疏離，彷彿又變回了初識那時。

我呆愣了下，很快回過神向李叔道別，追上官燁走遠的身影。

他的步伐很快，像是迫不及待想逃離這裡，我幾乎要小跑步才能追上他。距離他的車子只剩幾步路時，他卻蹲下身子，右手揪緊胸前的衣襟，痛苦地閉上眼。

「官燁！」我大驚失色，跑到他身邊跟著蹲下，「你沒事吧！」

「我沒事……」他艱難地擠出幾個字，並試著深呼吸，卻好像喘不過氣來。

「不行，我進去找人幫忙，你等我，我馬上回來！」我急忙起身，還沒跨出第一步，便被他拉住。

「不用，很快就會好。」他嗓音微弱，幾不可聞。

然而幾分鐘過去，情況卻沒有好轉，他依舊手摀胸口，額上淌滿冷汗，呼吸急促。

我在一旁心急如焚，卻什麼都不能做，慌張得想哭。

官燁到底怎麼了？恐慌症？焦慮症？創傷症候群？

我在心中列出所有我知道的精神疾病，驀地想起，很久以前，我也有過類似的症狀。

小時候每當我想起爸爸，就會害怕得全身發抖，呼吸困難，這時媽媽總是會溫柔地摟著我，一遍又一遍撫摸我的頭，在我耳邊反覆低語：「別怕，媽媽在這裡。」我的情緒便會平靜下來，恐慌與戰慄也會漸漸消失。

於是我不顧這麼做是否會過於唐突，逕自抱住官燁顫抖的身軀，柔聲安撫他：「沒事的，我在這裡，別害怕，一切都會沒事的。」

我感覺到官燁的身子微微一震，但他沒有試圖掙脫。我讓他的頭靠在我的肩上，手輕拍著他的背，不停地重複同樣的話。

此刻，他不是學校的教授、不是出類拔萃的天才，只是個受傷的小孩子，無助又迷茫。

慢慢地，我感覺到官燁的呼吸頻率恢復正常，緊繃的身軀也逐漸放鬆。

不知道過了多久，他低沉好聽的嗓音在我耳邊響起，「我沒事了。」

我鬆開雙手，擔憂地看向他，「確定嗎？」

「嗯。」官燁眼中泛著柔和的光，卻又立即懊惱地閉了閉眼，「對不起。」

「你很常這樣？」這回換我問他。

「現在很少了。」他深吐一口氣，從地上起身，揉了揉太陽穴。

這時我才注意到他的左手血跡斑斑。

「你受傷了！」我拉起他的手，他的手掌有一道約三公分的傷口，雖然已不再滲血，但是皮開肉綻的樣子，光是用看的都覺得痛。

他順著我的視線低頭一看，似乎這才意識到傷口的存在。

「應該是剛才被玻璃碎片刮到。」他眉頭皺都沒皺，彷彿感覺不到疼痛。

「要不要回去包紮一下？傷口要是沒處理好，搞不好會細菌感染。」

「不用了。」他抽回手，朝車子走去，「走吧，抱歉，耽誤妳這麼多時間。」

我能感覺到官燁想盡快離開這裡，一秒都不想多留。

見狀，我只好跟著坐上車，但仍忍不住建議：「傷口還是處理一下吧？至少把血擦掉。」

我抽出幾張面紙，在他出聲拒絕前，拉過他的手，將血跡輕輕擦去，接著拿出我習慣帶在身上的OK繃，小心翼翼地貼在他的傷口上。

「回家要記得撕掉，然後消毒擦藥。」

官燁神情複雜地看著我，沉默片刻，最後低聲道：「謝謝。」

他發動引擎，踩下油門，快速駛離這所大宅。一路上，他專注地目視前方，沒有播音樂，也沒有開口說話，車內的寂靜讓我感到不自在。

瞥了眼他的側臉，我有滿腹疑問，卻一個也問不出口。

回想起官燁母親對著他大吼時，他那受傷的眼神，還有他剛才在我懷抱裡顫抖的身軀，我心中不由得一陣難受。

如果可以，我想在他脆弱時陪在他的身邊，就像他陪伴哭泣時的我一樣。

這樣的想法，是被允許的嗎？

不久，外頭下起細雨，原本晴朗的藍空堆滿灰濛濛的雲層，什麼也看不清。
回到家之前，我們都沒有再說上一句話。

Chapter 5

一走進吉他社社辦，就聽見王可悅和任尚衡的爭執聲。

「發生什麼事了？」我上前關心。

「學校最近在徵求校慶表演節目，我叫社長跟我一起報名男女對唱，他死都不肯。」王可悅不滿地噘嘴。

「妳要是這麼想表演，可以報名獨唱，或找其他人跟妳一起。」任尚衡神情煩躁，似乎不想繼續這個話題。

「可是我想聽你唱啊！你唱歌這麼好聽，到底爲什麼不唱？」王可悅氣得跺腳，「你畢業之後，可能就不會再有這樣的機會了。」

任尚衡眼中閃過一絲黯淡，沒有接話。

儘管理解任尚衡不想上臺表演的原因，但我的想法和王可悅一樣。

我在應該充滿熱血與夢想的年紀就步入社會，體驗過現實的殘酷，明白要讓一個人變得世俗與軟弱是多麼簡單的事。也許，任尚衡該再給自己最後一次機會。

而我也想再聽他唱一次歌，他的聲音能夠停留在人的心裡。

「我也覺得你應該參加。」我脫口而出。

「看吧，卓琳也這樣認爲！」王可悅急忙附和。

任尙衡一臉無言，眼神彷彿在控訴我出賣了他，最後他勉強說道：「我考慮一下。」

「考慮就是答應的意思，我現在就去報名！」不等任尙衡回應，王可悅已興高采烈跑走。

我對任尙衡歉然一笑，「抱歉，我知道你不想上臺表演，但我的經驗告訴我，出社會會讓一個人變得膽小，追求夢想只會更加困難。我希望你能再給舞臺一次機會。」

他皺起眉頭，無奈道：「妳明明才大我兩歲，爲什麼講話這麼老成？」

「八年的社會歷練可不是開玩笑的。」我低聲笑了笑。

「知道了，我會認眞考慮的。」他的態度像是有些鬆動，隨即話鋒一轉，「妳〈Yesterday〉練得怎麼樣？」

「還算……不錯吧？」我不知道我自認爲的「不錯」是否有達到他的標準。

任尙衡微微挑眉，雙手環抱胸前。看見他擺出這個姿勢，我明白他又想驗收成果了，不等他開口，我便主動拿起一旁的吉他。

那天回家後，我想著要在他面前挽回一些顏面，除了複習他所教的和弦，也上網做了功課，經過反覆練習，已經能彈出完整的旋律。

聽完我的彈奏，任尙衡眼中浮現驚訝與讚賞，「眞的不錯。」

「謝謝。」我得意一笑。

「終於有藝人的水準了。」他補了一句。

我假裝不滿地瞪他一眼，嘴角的笑意卻遮掩不住，接著想起另一件事，趕緊放下吉他，從包包拿出一個提袋，「對了，那天你借我的外套弄髒了，我買了類似款給你，希望你不介意。」

「我說過沒關係。」他皺眉。

「不行，一定要。」我將袋子硬塞給他，「謝謝你。」

見我堅持，他只好接過，「妳身體後來還好吧？」

「嗯，有去醫院檢查，沒事。」我微笑。

「那就好。」他放心地點了點頭。

遠處的樓梯口忽然傳來王可悅的高聲叫喚，要任尚衡過去，於是社辦只剩下我一個人。

買賠給任尙衡的衣服時，我也買了一件給官燁。去KTV那晚，我吐了官燁一身，他身上那件衣服大概不能再穿了。儘管他要我別把這件事放在心上，但我還是覺得過意不去。

可是衣服雖然買了，卻找不到機會給他。

那天過後，我和官燁之間似乎又退回至原點，幾次在學校或住處附近遇到，他多半只是向我點頭招呼，便冷淡地走開，沒有其他互動。

我想不通自己做錯了什麼，是因爲那天我抱住他，嚇到他了嗎？

當時我的確有些欠缺思考，但倘若時間重來，我還是會做出一樣的舉動。

「唉……」我忍不住嘆氣。

好煩，爲什麼我又在想他了？

手機忽然響起，是一組陌生號碼來電，我很快接起。

「喂，請問是韓卓琳小姐嗎？」從嗓音聽上去應該是個中年女人。

「我是。」

「韓小姐您好，這裡是榮遠療養院。」她表明自己的來歷，並繼續說：「我們這幾天正在進行年末財務結算，發現之前您母親的醫療費漏列了一筆款項，非常不好意思，這邊已經將帳單細目寄至您的電子信箱，麻煩您在月底前將費用匯至本院帳戶。」

結束通話後，我連忙點開對方寄來的電子郵件，卻被帳單上的金額嚇了一跳。

十萬！對於目前沒有收入的我而言，這個數字如同天價。離月底只剩一個禮拜，我要上哪變出這麼多錢？我雖然有些存款，但是付完這筆費用便所剩無幾，無力應付未來幾個月的生活基本開銷。

我沒有時間恐慌，匆忙撥電話給唯一能夠幫我的人。

「Vivi，我有急事需要妳幫忙。」

聽完事情的來龍去脈，Vivi二話不說便答應了我的請求。

不到一個小時，她便帶了好消息給我。

「後天《綜藝一加一》要錄影，其中一個來賓得了流感，臨時退通告，製作單位急著找替補，主題是卸妝，妳願意接嗎？」Vivi語氣帶著明顯的歉意，「我知道妳平時不上綜藝節目，但是短時間內我只能找到這個。」

「我可以。」我想都沒想便一口答應，「謝謝妳，Vivi。」

得到這個工作機會，我如釋重負，緊繃的心情得以稍微放鬆了些。

✦

走進電視臺大樓，我居然有種陌生的感覺。

上次過來這裡是大半年前的事了，當時正值《好想你》電影宣傳期，我和同劇組的演員爲了宣傳新戲，跑遍各大綜藝節目。若非如此，我平時幾乎不上綜藝節目，畢竟性格使然，我不擅長炒熱氣氛，臨場反應也不夠有趣，上這類節目效果很有限。

剛踏入攝影棚，只見上一場的來賓還在現場，主持人正在收尾。

難不成我搞錯錄影時間了嗎？

此時一名年輕女子走到我面前，向我伸出手，同時親切一笑，「咦？卓琳，妳到了啊？我是在電話中和妳Re稿的小徐。」

「妳好。」我連忙回握住她的手。

「妳怎麼這麼早就來了？」她神情驚訝，「上一場來賓大遲到，延誤了錄影進度。我有傳簡訊跟Vivi說，她沒告訴妳嗎？」

我點開手機螢幕，果然十分鐘前有一封來自Vivi的訊息。

「我今天陪新人去郊外錄節目，剛剛才看到小徐傳訊息過來，說錄影會延遲一個小時。」

「她有跟我說，但我人已經在附近了，就想說還是先過來。」我若無其事地笑道。

「這樣啊。」小徐沒有懷疑我的說詞，「對了，Vivi呢？我好久沒看到她了。」

「她臨時有事要忙，沒法過來。」我簡單帶過。

「這樣啊，眞是可惜了。」小徐笑了笑，「製作人一聽到我邀請到妳這種等級的來賓，高興得合不攏嘴。」

我微笑不語。

據我所知，Vivi和小徐是舊識，兩人是Vivi還在做節目企劃時認識的。

楊總下令要公司冷凍我半年，這個通告是Vivi私下透過小徐才替我拿到的，Vivi當然無法陪我一起錄影，而我也不想大肆宣傳自己被公司冷凍一事，相關話題能避則避。

「妳要不要先去化妝室休息？」小徐看了一眼棚內，「這場快錄完了，不過距離下場錄影開始，可能還要一個小時。」

「好。」我點頭，往休息室的方向走去。

其實我有些緊張，雖然我平時妝不濃，皮膚底子也還行，並不擔心卸妝後會嚇到人，但製作單位邀來卸妝的其他藝人與來賓，都是節目的常客，我怕自己接不上他們的話。

正準備打開休息室的門，卻被人從身後叫住。

「卓琳？」

倏地，我感覺全身的血液瞬間凍結，雙腳彷佛生了根，動彈不得。過了半晌，我才勉強回過頭，迎上那雙曾經對我流露出愛意的深邃眼眸。

「好久不見。」申宇天的聲音迴盪在無人的走廊上。

我的喉嚨像被卡住，什麼話也說不出來。

許久未見，他身形精壯不少，換了個有瀏海的蓬鬆髮型，從陽光大男孩蛻變爲成熟的男人。

自從〈好想你〉這首歌爆紅後，申宇天一躍成爲歌壇的一線男歌手，最近不但發了新專輯，還有許多戲劇想找他合作主題曲。

分手後，他事業突飛猛進，變得更加光彩奪目。反觀我呢？

揚起一抹僵硬的微笑，我努力擠出話來，「嗨，宇天。」

我演過許多感情戲，但就是沒有一場戲教過我，遇上前男友該有什麼反應？

尤其我和申宇天最後一次見面時，我還狠狠甩了他一巴掌。

申宇天。

第一次聽到這個名字，是在梅姊的車裡，當時電臺正在播他的歌，R&B的抒情曲風、美式的唱腔、張弛有度的RAP，我立刻迷上了他的聲音。

「他是個很有潛力的新人，有機會的話，也許你們兩個可以試著合作。」梅姊見我拿出手機搜尋有關申宇天的資訊，便這麼對我說。

臺韓混血、美國出生、十歲回到臺灣，申宇天外型帥氣媲美韓星，還擁有過人的創作才華。他的母親是模特兒，父親是知名整型外科醫生，在臺北經營一間醫美診所。他高中畢業後申請上美國伯克利音樂學院，念了兩年書之後，決定休學返臺發展演藝事業。

他從出生那一刻就擁有了一切，注定要在舞臺上發光發熱。

那個時候我就應該知道，這樣的人太完美，本來就不會屬於我。

我和申宇天的相遇，始於《好想你》這部電影。

在電影裡，我和男主角愛得死去活來；現實中，我喜歡上了幫電影配唱主題曲的申宇天。

由於女主角徐千雨的設定是會彈吉他的音樂才女，我有一幕戲需要自彈自唱，但我從來沒學過樂器，連樂譜也看不懂，要在短時間內學會彈吉他，是件相當困難的事。

拍攝期間，只要一有空檔，我就會找間空教室獨自練習，卻始終不見成效，我心中的壓力越來越大。

「天啊，爲什麼我就是彈不好！」我崩潰地抱頭，對著空無一人的教室大聲吶喊。

「因爲妳手指放的位置不對。」

我嚇了一大跳，回頭往聲音傳來的方向望去，映入眼簾的是一張如陽光般燦爛的笑顏。

「申宇天？」我脫口而出。

「妳知道我？」他有些驚訝。

「我很喜歡你的歌。」我微笑，「我是你的歌迷。」

他雙眼略微睜大，心裡的詫異反映在臉上，脣角勾起一抹弧度，低聲說道：「原來被自己喜歡的女演員喜歡，是這種感覺……」

我是他喜歡的女演員？

聽他這麼說，我臉頰一熱，心跳莫名加快。

「你怎麼會在這裡？」我好奇問：「是來探班的嗎？」

「不是。」他搖頭，並解釋，「陳製作希望我能幫《好想你》打造主題曲，所以我想來片場感受一下電影的氛圍，這樣能帶給我更多創作靈感。」

「你要幫《好想你》製作電影主題曲？」我語氣中的驚喜掩藏不住。

「嗯。」他點頭。

「太棒了！你的歌肯定會爲這部電影加分。」我開心不已。

「希望我不要辜負妳的期待。」他莞爾一笑，接著皺起眉頭，「不過妳還好嗎？我剛才從走廊上經過，聽到教室裡面有人大叫，以爲出了什麼事。」

「啊……」我不好意思地搔了搔臉，「其實是因爲我有一場戲需要彈吉他，但我一直彈不好，不知道該怎麼辦。」

「妳要彈哪一首歌？」

「Coldplay的〈Yellow〉。」

「可以借我一下嗎？」他指了指我懷中的吉他。

「可以啊。」我將吉他遞給他。

申宇天抱著吉他靠坐在課桌上，熟練地撥動琴弦，優美的旋律搭配他迷人的嗓音迴盪在教室裡。

一直以來，我都是透過耳機聆聽他的歌聲，此刻眞人就坐在我面前自彈自唱，我突然覺得這一幕好不眞實。他如此耀眼，我完全無法將視線從他身上移開。

最後一個音落下時，他抬頭迎上我的目光，脣角勾起一抹笑。

「要我教妳嗎？」

那天之後，申宇天成了我的私人吉他老師。

申宇天出道三年，發行過一張創作專輯和幾支單曲，累積了一些知名度，但還沒有到爆紅的程度。或許也因爲如此，他很平易近人，沒有偶像包袱，加上我們同齡，很快便熟了起來。

我喜歡他的音樂，而他喜歡我演的戲。

儘管欣賞對方，不過我們原先都認爲不一定能有機會與對方合作，能以這種方式接觸，感覺有點奇妙。

「這個和弦，手的位置應該要壓在這裡才對。」申宇天耐心爲我講解，但我還是彈不出正確的音，他俯身貼近，將手覆上我的左手，把我的手指移到正確的位置，富有磁性的嗓音在我耳邊響起，「這樣才對。」

瞬間，我的心猛然漏跳了一拍。

我側過頭，他的臉離我只有幾公分的距離，近到我可以感覺到他呼出的溫熱鼻息，以及身上好聞的男性香水味。我連忙低下頭，耳根子燥熱，心跳也不受控地變快。

「懂了嗎？」他從我身邊退開。

「懂、懂了，謝謝你。」

「妳唱歌很好聽，只要再練一下吉他，這場戲一定可以演得很好。」申宇天微笑。

這些年來，我拍過不少愛情片，談過數場螢幕上的戀情，然而在現實生活中，我的戀愛經驗卻是零。

我的初吻獻給了螢幕，之後的每一次親吻也都是在鏡頭前。對我而言，「愛情」一直是一種在螢幕上作秀的概念，我總是抱著「這只是戲」的心態與同劇男演員互動，每當攝影機停止拍攝，那份戀愛的心情也會隨之消失。

但是申宇天不同，跟他在一起時，我所有的感情都是眞實的。

他不僅非常有才華，還幽默自信，我相信在不久的將來，他會是樂壇最閃亮的那顆星。

這般耀眼的人，我沒有辦法不受他吸引。

不知不覺，我的心緒漸漸被他的一舉一動牽引，不經意的眼神交會、肢體碰觸、淺淺微笑，都足以令我心跳加速。我從未有過這樣的感覺，不確定這股悸動是否就是喜歡，只能裝作若無其事，將這份心情埋藏在內心深處。

電影拍攝期間，申宇天來片場的次數越來越頻繁，他會帶我喜歡的飲料過來、冷的時候給我外套，或是提醒我不要太累，他的體貼總是讓我心頭一陣溫暖。

「卓琳，妳跟申宇天是什麼關係啊？」某天化妝時，小瑜問我。

「什麼意思？」

「他很常來探妳的班！」小瑜抿脣偷笑，「他是不是喜歡妳？」

「怎麼可能？我們只是朋友啦。之前我吉他一直彈不好，他主動說要教我，我們是因爲這樣才會熟起來。」

「可是妳那場戲已經拍完了，他還是很常來啊。」小瑜語氣曖昧，「而且每次輪到妳拍戲，他都站在場外目不轉睛地看著妳，很明顯就是愛上妳了。」

「妳太誇張了啦。」我連忙否認，臉頰卻忍不住一陣燥熱。

「我是說眞的，他一定喜歡妳！」小瑜一臉肯定。

雖然小瑜這麼說，但我依然無法確定申宇天對我的心意，直到有一天，他告訴我他完成了主題曲〈好想你〉，想聽聽我的意見。

我們來到平時練習吉他的教室，他拿出他專屬的吉他邊彈邊唱了起來。

這是首抒情歌，歌詞與旋律瀰漫著淡淡的悲傷，卻又予人溫暖與療癒之感，完美貼合電影氛圍。

唱完後，他抬眸看向我，表情有些緊張，「怎麼樣？」

「我很喜歡，這首歌一定會紅！」我確實深深被這首歌打動。

聽我這麼說，他卻一語不發地看著我，眼神有些複雜。

「怎麼了？」我忐忑地問，深怕自己說錯話。

他放下懷中的吉他，走到我面前輕聲道：「卓琳，我寫這首歌的時候，腦中想的都是妳。」

什麼？我愣在原地，心跳猛然加快。

「螢幕上的妳如此光采奪目，認識妳之後，更發現妳是個眞實、謙虛又善良的人，跟其他女生完全不同。我每天想的都是妳，想要更了解妳，想要對妳好，想要多跟妳相處。」申宇天脣角勾起一抹略微靦腆的笑，「韓卓琳，我好像喜歡上妳了，怎麼辦？」

我屏住呼吸，悸動的感覺在我心中綻放，再也無法忽視。

我看著他，接下來的話自動脫口而出：「那我們交往吧。」

然後，我跟申宇天開始交往了。

不過爲了避免緋聞影響劇組，我們決定先不對外公開。

製作人在聽完〈好想你〉的demo後讚不絕口，又請申宇天爲電影再量身打造兩首插曲，他名正言順有了繼續來片場的理由。

趁著每次的拍攝空檔，我們會找處隱密的地方，享受屬於我們的兩人時光。

他會唱歌給我聽、寵溺地摸著我的頭、溫柔地將我抱在懷裡，我第一次在現實生活中體會到戀愛的甜蜜與美好。

而這樣的心情也反映在我的演技上。

「程碩，你、你在開什麼玩笑？你喜歡我？」我心慌意亂地看向飾演男主角的方聖安，「別對一個沒有明天的人隨便說出這種話，好嗎？」

「我沒有在開玩笑。」方聖安語氣既深情又堅定，「徐千雨，我喜歡妳。因爲妳，我想要成為一個更好的人，一個配得上妳的人。不管明天如何，只要今天我還能夠擁抱妳，那就足夠了。」

下一秒，方聖安捧住我的臉，俯身吻上我的唇。我先是身子一震，跟著雙頰一熱，緩緩闔上眼，投入在這個青澀的吻當中。

全場一片安靜。

「卡！」導演大喊，鼓掌道：「卓琳、聖安，演得很好！今天可以收工了！」

導演十分滿意，還特意走到我身旁與我閒聊幾句。

「妳最近感情戲都拿捏得很好，眞的像個情竇初開的女孩一樣。」他開玩笑道：「該不會是談戀愛了吧？」

「導演，您別鬧我了。」我笑了笑，沒有直接回應。

當時的一切是如此美好，讓我深陷其中。

事後回想，也許當時我和申宇天都只看到我們想看的那一面，在不夠了解彼此的情況下，就貿然墜入了情網。

我被愛情沖昏了頭，忘了去想，如果我不是螢幕上那個光鮮亮麗的韓卓琳，他還會喜歡我嗎？

在與申宇天相處的過程中，我隱約可以察覺到我們之間的差距。

例如，他開著爸媽送的BMW跑車，而我出入都是靠大眾交通工具。

例如，他住在臺北市精華地段的豪宅，我租住在十坪不到的小套房。

例如，他會提起他爸的診所事業，或是他媽與她那群貴婦朋友的生活，我卻閉口不提家人。

他會抱怨爸媽總是挑剔他的交往對象，再用充滿愛意的眼神看著我，不無驕傲地說道：「沒想到我可以交到妳這麼完美的女朋友，這下他們肯定沒什麼話好說的了。」

每當聽見他這麼說，我內心便會泛起焦慮不安。

我想要告訴他更多關於我的事情，但同時，我卻也沒有勇氣和他坦白。

因爲我害怕會失去他。

直到交往滿三個月的那天，申宇天帶我到一家高級法式餐廳慶祝。晚餐進行到一半，他忽然抬手向某人打招呼，「陳叔叔！」

我跟著望過去，頓時愣住了。

「喔，宇天！」那個男人朝我們走來，「你怎麼會在這裡？」

「和朋友吃飯。」申宇天禮貌解釋。

「女朋友？」男人看向我，露出詫異的表情，「這不是卓琳嗎？」

「陳總，好久不見。」我莞爾向他打招呼。

「哇，眞的是好久不見了！妳媽最近身體還好吧？」

「嗯，她很好，謝謝陳總的關心。」我保持微笑。

「妳媽辭職後，接替她的人做事都沒有她仔細，如果她身體好轉，想要回來工作，隨時跟我說。」

「我會的，謝謝陳總。」我點頭。

等男人離開後，申宇天一臉驚訝地問我：「妳怎麼會認識陳叔叔？」

我頓了幾秒才回答：「我媽以前爲他工作過。」

他好奇心被勾起，「對了，我好像沒有聽妳提過妳的家人。妳爸媽是做什麼的？妳媽在陳叔叔公司的哪個部門上班？」

猶豫一陣，我擱在膝蓋上的雙手不自覺緊握，緩緩開口：「我媽以前是陳總家裡的幫傭，我爸在我六歲那年就過世了。」

申宇天不是演員，他心中的錯愕與震驚全部寫在臉上，半點都沒掩藏。

過了半晌，他尷尬垂下眼簾，低聲道：「這樣啊……」

之後，我們各自一口一口吃著精緻的餐點，一句話都沒有再說。

晚餐結束時，彷彿有什麼東西也一併畫上了句點。

那天過後，我和申宇天之間似乎多了一面隱形的牆。

他不再頻繁來探班、不再每天晚上打電話過來、不再做親暱的動作，也沒有再提起那天晚上，我感覺得到我們的感情正在變調。

我的心情大受影響，連簡單的戲都要NG許多次，一向很有耐心的導演忍不住私下找我談話。

「卓琳，妳最近狀況很不好，是不是發生什麼事了？」

「對不起，導演……我會改進的。」我低下頭。

「導演，不好意思，卓琳她最近除了拍戲，還接了幾個廣告，有點忙不過來，請您見諒。」Vivi也幫我一起向導演賠不是。

聞言，導演只是嘆息，要我加油。

等導演走遠後，Vivi看向我的眼裡沒有責備，反而充滿擔心，「妳沒事吧？妳最近臉色看起來很差，是不是生病了？」

「我沒事，只是沒睡好而已。」這陣子我滿腦子想的都是申宇天的事，加上拍攝已接近尾聲，每天都得從一大清早工作至半夜，雙重煎熬之下，我感到身心俱疲。「我去休息室睡一會。」

我才剛邁開步伐，眼前卻突然一片黑。

再次醒來時，我躺在醫院病房，申宇天就坐在病床邊，一臉擔心。

「醒了？」他溫柔地摸摸我的頭，「一聽到妳昏倒，我就立刻趕過來了。怎麼會突然這樣？」

望著他，我明白在這段感情裡，自己不夠坦誠。

「宇天，我有些事想跟你說。」

然後，我把一切都告訴他，沒有任何隱瞞。

而他那逐漸皺起的眉頭，還有轉爲複雜的眼神，我永遠都不會忘記。他抱住我，語氣帶著一絲顫抖，「對不起，卓琳……」

那個時候，我還沒有意識到他是爲了什麼道歉。

後來《好想你》電影殺青了，申宇天也完成了歌曲的製作，我們少了見面的理由，他開始忙著籌備新專輯，我們變得漸行漸遠。

在我生日那天晚上，他出現在我家門前，卻不是爲了要祝我生日快樂。

「我們分手吧。」他的神情略顯疲憊，「對不起，我們之間的差距太大了，還是不要浪費彼此的時間了。」

「哪方面的差距？」我的反應比想像中冷靜。

「全部。」他突然湧現怒氣，「妳不覺得有些事情，應該在交往前就告訴我嗎？」

「對不起。」我黯然地垂下頭，「我沒有要刻意隱瞞的意思，我不知道原來這對你來說這麼重要。」

「妳知道我爸跟陳叔叔是每個週末都會一起打高爾夫球的關係嗎？妳媽是陳叔叔家的幫傭，我爸怎麼可能會讓我跟幫傭的女兒交往？這用想的就——」

不等他說完，我已揚起手，朝他的臉揮落。

啪！

這是我第一次甩人巴掌。

他愣住，白皙的臉上浮現出紅腫的指印。

「你可以氣我沒有一開始就告訴你這些事情，但你不能用這種口氣說我媽。她的辛苦和犧牲，是你這種自出生就擁有一切的人永遠不會懂的。」我雙拳緊握，強自壓抑內心的激動，「進演藝圈後，我媽總是要我別告訴別人家裡的狀況，她最怕的，就是我會因爲像你這樣的反應而受到委屈。」

聞言，申宇天眼中的怒火消去，取而代之的是愧疚。

「如果可以，我也希望能像你一樣，出生在一個富裕的家庭裡。」我的淚水在眼眶裡打轉，最後不爭氣地落下，「你以爲我喜歡這樣活著？從小到大，有多少次我都想要死，你知道嗎？」

「對不起，卓琳，妳聽我說……」他口氣軟下，上前拉住我的手。

「沒什麼好說的。」我冷漠地看向他，「我的家世背景不能改變，既然你和你的家人無法接受，那就像你說的，我們別浪費彼此的時間了。」

我甩開他的手，轉身離去。

分手後，我請Vivi幫我排滿工作行程，想藉此忘記分手的痛楚。

很快地，《好想你》正式上映，第一個禮拜票房就破億，成爲近年來最賣座的國片，而申宇天爲電影製作的同名主題曲也衝上各大音樂排行榜冠軍。

申宇天一躍成爲樂壇的明日之星，而我的演藝事業也登上巔峰，各種邀約不斷。

看到自己的努力得到了正面的迴響，我也獲得不少慰藉。

偏偏命運就是如此難以捉摸，誰也無法預料下一秒會發生什麼事。

不久後的某天晚上，我接到Vivi的電話。

「梅姊走了。」她泣不成聲。

梅姊在晚上開車回家的路上，和一輛酒駕的車互撞，當場失去呼吸心跳，送醫搶救後，仍然宣告不治。

由於梅姊在圈內是舉足輕重的人物，也提拔照拂過不少藝人，突然的噩耗立刻震驚了整個演藝圈，許多人都無法接受，包括我。

前幾天她還開玩笑對我說，如果《好想你》票房破四億，她就要幫我辦一個猛男派對慶祝，但現在，我卻再也聽不到她爽朗的笑聲了……

幾乎是差不多時間，原本就身體欠佳的媽媽再次病倒。我知道媽媽時日不多了，梅姊的意外身亡讓我更加體會到世事無常，於是我選擇暫停工作，好好陪伴媽媽度過所剩無幾的時光。

幾個月後，媽媽也跟梅姊一樣，永遠離開了我。

一夕之間，這個世上最愛我的兩個人都不在了，那陣子，我時常在夜裡痛哭失聲，想起和申宇天在一起時的甜蜜，也想起分手時他的無情。

我到底做錯了什麼？爲什麼上天要對我這麼殘忍？

靈魂彷彿墜入了萬丈深淵，卻沒有人願意爲我帶來救贖。

✦

距離錄影開始還有二十分鐘，主持人和其他來賓還在梳妝準備，攝影棚裡只有幾名工作人員。我找到我的位子坐下，趁著等待的空檔閉上眼睛休息，試著讓紛亂的思緒平靜下來。

剛才幸好申宇天的經紀人即時出現，提醒他錄影即將開始，才爲這尷尬的重逢畫上句點，然而我胸口的鬱悶卻始終揮之不去。

隨著錄影時間接近，來賓陸續進場。

這集節目的主題是卸妝，除了參與卸妝的六名女藝人，製作單位也請來四位男藝人，爲女藝人卸妝前後的差距進行排名，卸妝前後差異最小的女藝人，將得到額外的獎金和一組高級保養品。

「哇，這不是韓卓琳嗎？」

睜眼見到熟悉的面孔，我連忙起身打招呼，「國偉哥，好久不見。」

蘇國偉，九〇年代曾經是當紅團體主唱，近年來轉當通告藝人，是《綜藝一加一》的通告王，之前我在跑宣傳的時候，曾在節目上碰過一兩次。

「我怎麼不知道妳是這集的來賓？」他一臉驚訝。

「我是臨時替補別人過來的。」我解釋。

「哇，絕了！」他爽朗大笑，「沒想到有這樣的驚喜。」

寒暄過後，國偉哥便回到他的位子，其餘的來賓也紛紛入座，看見我時臉上均露出訝異。

《綜藝一加一》是談話性節目，由幽默、無厘頭的言哥和知性型的陳薇搭檔主持，是目前臺灣收視率最高的綜藝節目。

攝影機的燈號亮起，主持人言哥對著鏡頭開場，「歡迎收看《綜藝一加一》，今天我們又要來卸妝了！上次做這個主題，我差點被嚇掉半條命，結果製作人居然這麼快又要做一次同樣的主題，我看製作單位根本是想換主持人吧！」

聽言哥這麼說，現場的女來賓們馬上配合做效果，發出不滿的聲音。

「但今天比較特別的是，製作單位不知道哪來的經費，竟然請到一位電影咖。」陳薇看向言哥，故作驚訝。

「妳待會去查一下妳的主持費，大概就知道經費是哪來的了。」言哥打趣道，並看向我，「卓琳，好久不見。」

鏡頭瞬間落在我身上，我愣了一秒才端起笑容，「言哥好，陳薇姊好。」

「上次看到妳，好像是爲了宣傳《好想你》，是吧？」言哥問道：「妳最近都在忙什麼？怎麼會跑來我們這個地獄單元？」

「之前接了滿多工作，身體有點負荷不了，就決定暫時休息一陣子。」我簡單帶過，莞爾道：「我在家裡常看這個節目，以前過來都是爲了宣傳，這次剛好有機會就想說來玩一玩，而且第一名的獎品眞的很誘人。」

「啊，原來如此。」言哥點頭，「這麼說妳今天是鎖定第一名了？」

「這我不敢。」我笑著擺擺手。

等言哥介紹完所有的來賓，便進入卸妝環節。

我被排在第一位，很早就被請去後臺卸妝。對著鏡子裡的素顏，我的視線停留在額頭上的疤痕。我撥了撥前額的髮絲，試著蓋住那道醜陋的痕跡，卻徒勞無功。

「卓琳，妳好了嗎？」工作人員站在門外問。

「喔，好了。」我應聲，決定放棄。

回到攝影棚，工作人員給了我一張面具讓我遮住臉。

「好，我們來看一下，女神卸妝後是否還會是女神！」言哥說道：「卓琳，準備好了嗎？三、二、一！」

我放下面具，全場立刻響起一陣讚歎。

「哇，根本沒差啊！」

「還是一樣漂亮！她穩贏了吧！」

「妳皮膚也太好了吧，卸妝前後根本沒差耶！」陳薇滿臉不可置信，「今天錄影就到此爲止吧，後面的不用出來了，謝謝大家！」

「陳薇姊，妳過獎了。」我忍不住笑出聲。

「不過妳這道疤是怎麼來的？」言哥指著我的額頭。

我輕描淡寫地說：「我小時候很調皮，有一次不小心從公園的蹺蹺板上跌下來，撞到額頭。」

「妳媽媽肯定很難過吧？把妳生得這麼漂亮，結果臉上卻留下了疤。」言哥語帶惋惜。

「是啊，當時我被她罵了一頓。」我無奈地笑了笑。

「不過妳眞的是天生麗質耶。」陳薇姊問道：「妳長得像媽媽還是爸爸？」

「媽媽。」我補充，「很多人都說我們像姊妹。」

「下次可以帶媽媽來上母女的主題，聊聊妳小時候的趣事。」言哥接話。

「這個應該沒有辦法。」我苦笑，「我媽幾個月前過世了。」

言哥和陳薇姊明顯一愣，面面相覷，不知該作何反應，攝影棚內頓時陷入尷尬的死寂。

「啊，抱歉！」我意識到自己講錯話，急忙道歉，「導播，不好意思，這段可以剪掉嗎？」

言哥向導播比了一個手勢，要求暫時停機。

「對不起，我一時沒注意，居然講了這麼掃興的話。」我朝言哥和陳薇姊深深鞠了個躬。

「沒事、沒事！剪掉就好。」言哥拍拍我的肩，「我不知道妳母親過世了，妳肯定很不好受，如果有什麼需要，隨時都可以找我幫忙。」

「謝謝言哥。」我很感激他的好意。

「好，準備繼續。」導播喊道：「三、二、一……」

我勾起唇角看向鏡頭，彷彿剛才的事並未發生過。

「妳皮膚這麼好，平時都怎麼保養的？」陳薇姊問我。

「其實我沒有什麼特別的保養祕方，不過我很喜歡Bloom的化妝品和保養品，尤其是LEAF系列，我一直非常愛用。」

Bloom Cosmetics是亞洲前三大彩妝品牌之一，以天然、健康、生活化作爲核心理念，近年來成爲年輕族群的首選。

「我個人也滿喜歡Bloom的產品。」陳薇姊附和，「不過我以爲大家都比較愛他們的

TREE系列。」

「TREE系列的確很受歡迎，但是LEAF的效果比較溫和，更適合我的皮膚。」我解釋。

「哇，Bloom的老闆看到這集，應該要找妳當代言人了吧？」言哥打趣道。

「我還沒有到那個等級啦……」我笑著搖手。

Bloom集團歷年的代言人都是萬中選一，多半由名模擔任，能成爲所謂的「Bloom女郎」，不但是引領潮流的指標，更有助於拓展知名度與身價。

「這可不一定。」言哥對著鏡頭喊話，「官總，你還在等什麼？你下一季的代言人就在這裡！」

見言哥如此，我捧場地露出笑容。

節目繼續進行，其他卸完妝的女藝人也一一出場。

最後我順利拿下第一名，抱走了獎金和保養品組。

錄影結束，我正準備回休息室拿東西，一位也是過來卸妝的女藝人忽然站到我面前。

「卓琳姊，好久不見！」

她叫做陳晨雨，年齡與我相仿，個性單純、神經大條，剛才在錄影時，言哥和陳薇姊都很愛開她玩笑。

「我來得太晚，開錄前沒機會跟妳講到話，才想著趁妳離開前跟妳打聲招呼。」她揚起笑，大眼瞇成了月牙。

我眨了眨眼，頓了幾秒才回了句：「妳好。」

儘管陳晨雨看上去有幾分眼熟，我卻想不起自己先前在哪裡見過她。

「啊……」她搔了搔長髮，似乎是注意到我的遲疑，覺得有點糗，「妳應該對我沒印象吧？三年前妳在拍《與他有約》時，我飾演男主角朋友的妹妹。」

聽她這麼一說，我立刻有了印象，「我記得，眞的好久不見了。」

當時陳晨雨飾演的角色與我有一場對手戲，她緊張到忘詞，被導演罵了一頓，下場後她卻告訴我，她是因爲看到我本人太興奮才會忘詞。

當下我覺得這個女生很可愛，只不過那場戲之後，便沒再見過她了。

「妳是不是改過名字？我記得妳那個時候叫……」我努力回想。

「球球。」她有些羞赧，「後來經紀人說這個名字太像通告藝人，當不了演員，所以要我把藝名改成陳晨雨，雖然到目前爲止好像也沒有幫我帶來什麼戲約……」

她最後一句話含糊帶過，我沒聽清楚。

「原來是這樣。」我點頭。

「沒想到今天會在節目上遇到妳，眞開心！」她燦爛一笑，接著又露出惋惜的表情，「雖然沒拿到那組保養品有點可惜……我本來以爲自己勝算滿大的，但是妳狀態超好，第一名當之無愧！」

我毫不猶豫地將剛贏得的那組保養品遞過去，「給妳吧。」

她又驚又喜，「眞的嗎？」

「嗯，我用不到。」比起保養品，獎金對我來說更重要。

陳晨雨再三向我道謝，開心地接過。隨後我們一同走回休息室，她劈里啪啦問了我一連串問題，我盡己所能一一回答，最後她跟我要了聯絡方式，依依不捨與我道別。

去休息室拿好東西，我走進洗手間補妝。待會我打算搭公車回家，若是素顏被路人認出來，似乎不太好。補完妝，我才走進其中一間廁所，就聽見一陣腳步聲在門外響起。

「咦，這組保養品不是節目裡的獎品嗎？怎麼會在妳手裡？」一名女子驚訝道，聽聲音應該是剛才參加同個節目錄影的女藝人，余筱萱。

余筱萱多年前曾是知名綜藝節目固定班底，擁有大批男性粉絲，在節目停播後，她轉當通告藝人，活躍於各大綜藝節目。

「卓琳姊送我的，她人超nice的！」陳晨雨喜不自勝，語氣流露出崇拜，「她是我的偶像，我從以前就超喜歡她的！」

「韓卓琳是妳的偶像？」余筱萱語帶不屑，「拜託，想當韓卓琳還不簡單，找個乾媽就好了。」

「什麼意思？」陳晨雨納悶地問。

「大家都知道韓卓琳就是靠著梅製作才有今天。」余筱萱冷哼一聲，「前陣子梅製作車禍過世，韓卓琳的演藝生涯大概就到此爲止了吧。」

「不會吧！她是太陽娛樂的一姊，演技也是實力派的……」陳晨雨試著幫我說話。

余筱萱譏笑：「拜託，太陽娛樂的人都知道韓卓琳一直是楊總的眼中釘，之前是因爲有梅製作護著，她才能一帆風順，現在沒了梅製作，她想要拿到好劇本，應該是不可能的了。」

「而且她是演員，會演戲是最基本的好嗎？」余筱萱繼續說道：「像妳演技也很好啊，長相也不輸韓卓琳，又是科班出身，可是人家一出道就演女主角，妳呢？妳出道都快四年了，還是只能演女主角的同事或朋友，why？因爲妳沒有靠山啊！」

「我……」陳晨雨想要反駁，卻說不出話來。

我知道她有點被余筱萱說進心裡了。

「不過韓卓琳其實也很可憐，《好想你》票房這麼好，男主角方聖安都紅到內地和韓國去了，申宇天也發了新專輯，她卻遇上梅製作的意外，媽媽又過世……」余筱萱邊洗手邊說，「聽說她前幾個月還惹到孫娜娜那個瘋子，被楊總打入冷宮。以前她身邊最少都會跟著一個經紀人或助理，今天她卻自己過來錄影，看來這個傳聞應該是真的。」

儘管能預料到這些事早已在圈內傳開，余筱萱的一字一句仍猶如利刃，狠狠刺入我的心窩。我胸口頓時一陣緊悶，待在狹窄的廁間裡，有種快要窒息的感覺。

「總之，想紅的話，找個有份量的靠山最實際。」水流聲停止，門外響起余筱萱抽了張擦手紙的聲音，「等會要一起搭車嗎？外面好像下雨了。」

說著，兩人步出洗手間。

我緩緩打開廁所門，努力要自己別去想她們說的話，做了次深呼吸，跟著步出洗手間，注意力卻被前方走廊上的動靜所吸引。

定睛一看，竟是申宇天與余筱萱、陳晨雨三人正在交談。

「妳們在別人背後說三道四，都不會注意一下音量嗎？」申宇天表情嚴肅，「妳們認識韓卓琳嗎？她有多努力，妳們知道嗎？妳們憑什麼這樣說她？」

一旁的陳晨雨像是嚇傻了，愣在原地不敢出聲。

我心中詫異，沒料到申宇天會幫我說話。

這時陳晨雨發現我站在不遠處，臉上閃過心虛，「卓、卓琳姊……」

迎上我的目光，陳晨雨立刻低下頭，像個做錯事的小女孩，雙手捏緊那個裝著保養品組合的提袋。

「卓琳……」申宇天快步朝我走來。

見狀，余筱萱連忙拉著陳晨雨落荒而逃。

「妳剛才有聽到她們說的話？」他在我面前停下，望著我的眼睛裡似乎有著心疼，「爲什麼不幫自己辯解？」

「她們說的是事實。」我避開他的視線，冷淡地說：「不管別人說我什麼，都不關你的事。」

「我不喜歡看到別人傷害妳。」他的聲音聽上去有些受傷。

「你跟她們又有什麼不同？」我冷笑一聲，「至少他們傷害的是我，你卻傷害了我最愛的人。」

「卓琳。」他握住我的手，語氣急迫，「我特別等妳錄影結束，就是想要找機會向妳解釋——」

「不需要解釋，是我配不上你。」我掙脫他的手，頭也不回地轉身離開。

走出電視臺，外頭正下著傾盆大雨，而我沒有帶傘。走進雨中，雨水猖狂而降，毫不留情地打在我身上，沒有一絲憐惜。

我忍不住笑了。

這個世界，什麼時候才會心疼我？

回到家，我脫下被雨水浸溼的衣服，走進浴室，打開熱水。

不論是余筱萱的嘲諷、申宇天的出現、還是我的懦弱狼狽，都讓我感到難過又憤怒。熱水不停透過蓮蓬頭噴灑下來，我閉上雙眼，壓抑已久的眼淚終於得以釋放。

我喜歡在洗澡的時候哭，因爲淚水會直接被水洗去，不留下痕跡。

直至情緒漸漸平復，我才關上水龍頭，走出浴室。

過去幾天，我都在爲療養院欠費的事煩惱，念書進度有些落後，我坐到書桌前，試著將注意力集中在講義上，視線卻不由得落向窗外的大雨滂沱。

媽媽走的那天，也是下雨天。

我拿起擺在桌上的相框，看著照片中笑容燦爛的媽媽和梅姊，再次悲從中來。

倏地，外頭的夜空閃過一道刺眼的光，震耳欲聾的雷聲響起。

我嚇得鬆手讓相框掉落在桌上，雙手反射性地抱住頭。

相隔幾秒鐘，又是一陣響徹雲霄的雷鳴，彷彿整個世界都爲之震動，原本明亮的房間瞬間陷入一片漆黑。

「怎麼回事？」我摸黑走到門口，反覆開啓電燈的開關，卻絲毫沒有用處。

停電了嗎？

身處在黑暗中，我開始不受控地渾身顫抖，恐懼攀上心頭。風雨拍打窗戶的聲響，讓我感到更害怕，像是夢魘正在敲門。

我抓起書桌上的講義和手機，逃難似的奔出家中。

靠在闔上的門板上，我大口喘氣，摀著胸口的手依舊顫抖著。

整棟大樓都停電了，走廊上只剩下緊急出口標示亮著薄弱的微光。

我寧可待在這裡，起碼這裡還能見到那一抹光。於是我蹲坐在家門前，將臉埋入膝蓋與雙臂之間，盼望下次抬起頭時，迎接我的會是光明。然而時間一分一秒過去，周圍仍是一片漆黑。

忽然，我聽見不遠處傳來門把轉動的聲響。

抬起頭，只見官燁推開大門，一手拿著手電筒，一手拎著一袋東西，似乎要去倒垃圾。一看到我，他頓時倒抽一口氣，像是受到了驚嚇。

雖然我現在素顏，但也沒這麼恐怖吧？

「妳在這裡做什麼？」

「停電了。」我小聲說：「我怕黑，不敢待在家裡，走廊至少還有一點光。」

「妳家沒有手電筒或是夜燈之類的嗎？」他皺眉。

「沒有。」我拿起手機，開啓手電筒的功能，「只有這個，但我的手機也快沒電了。」

在外面工作了一整天，手機電力只剩不到百分之五。

聽見我的回答，官燁沒有接話，逕自朝走廊另一端的垃圾間走去。面對他的無視，我心裡不禁泛起一陣失落。

我在期待什麼？

輕嘆了一口氣，再次闔上眼，暗自祈禱這噩夢般的一天可以趕快結束。

過了一會，耳邊傳來腳步逐漸逼近的聲音，我睜開眼，官燁站在我面前，方才提在他手中的袋子不見了。

「妳打算整晚都坐在這裡？」他蹲下身與我平視，身上飄來沐浴乳的清香。

「如果電力一直不恢復的話。」我有點賭氣地回道，同時意識到這是自那天從他家回來後，我們第一次正常對話。一想到他最近的刻意疏離，我頓時湧上一股不悅，「總之，不關你的事，反正你最近很明顯在躲我，你就繼續假裝沒有看到我吧。」

見官燁愣住了，我突然覺得自己的言行像極了神經病。我懊惱地別開臉，後悔自己爲什麼跟他說話時總是不經大腦。

官燁沉默片刻，輕聲說：「我沒有刻意躲妳，只是那天讓妳看到那樣的事，有點不知道該怎麼面對妳。」

我忍不住抬頭看他。他是指哪件事？他母親情緒失控？還是他後來突然蹲在地上喘不過氣？

「晚上走廊很冷，今晚風雨看起來不會趨緩，不知道什麼時候才會恢復電力。」他眼神柔和，指向他家的門，「要進來嗎？」

我先是愣了幾秒，才連忙點頭。

一踏進官燁的家，我不禁瞠大眼。室內有好幾盞搖曳的燭光，空氣裡飄散著淡淡的薰衣草香氣，屋裡充滿溫馨與暖意，驅走了占據我心頭的恐懼，緊繃的情緒也瞬間放鬆。

「你會點香氛蠟燭？」我難掩訝異，官燁看上去不像有這麼浪漫的愛好。

「它的味道可以助眠和放鬆。」他平淡回道：「妳就自便吧。」

我點點頭，稍微打量過四周。官燁家的格局是兩房兩衛，裝潢與布置採簡約的現代風格，沒有多餘的擺飾。

「可以借用你的餐桌嗎？」我問道，同時舉起手中的講義，「我要複習。」

他頷首，比了一個「請」的手勢。

我走向位於落地窗旁邊的長方形餐桌，桌面上擺著一盞蠟燭，火苗微微搖擺，亮度勉強夠我看清講義上的字，並意識到自己拿過來的剛好是官燁課堂上發的講義。

窗外依舊風雨交加，雨水猛烈地打在窗戶上，我卻不再感到害怕。

「這麼用功？」

身旁傳來官燁富有磁性的嗓音，他又把一盞蠟燭放到桌上，光線頓時充足了許多。

「你已經特別給了我一次機會，我總不能又搞砸吧。」我話一出口，馬上就後悔了，這話聽起來好像我認爲他是特別爲了我，才改變成績計算方式。

怕官燁以爲我自作多情，我急忙澄清：「呃……所謂的『我』不單指我，是指班上所有的同學。你爲了我們改變成績計算方式，我身爲眾多受益人中的其中一個，當然要好好念書，不能辜負你對我們的期望……」

怎麼有種越描越黑的感覺？

我懊惱地在心中吶喊，眞希望時間可以倒轉，讓我收回那句話。

「我是因爲妳改的。」官燁定定地望著我。

「什麼？」我一愣，以為自己聽錯了。

「應該說，我當初開課時就打算實施這種計分方式，但被系主任駁回，他認為這等於變相鼓勵學生只看重期末考。」他繼續說明，「可是比起成績，我更在意學生是否真的從課堂上學到東西，以及享受學習的過程。每個人的學習曲線不同，課堂外需要承擔的壓力也不同。那天看到妳哭，我便再次明白，努力的人不應該被分數這種東西束縛。」

我頓時感動得說不出話來，眼眶灼熱溼潤。

官燁，你為什麼要對我這麼好？

背喝醉的我回家、陪失眠的我入睡、在我陷入低潮時給予安慰與肯定，現在還暫時收留我……他總是在我最狼狽、最脆弱的時候，毫不猶豫地幫我一把，不計回報。

我心中湧上一股強烈的悸動，心臟劇烈的跳動聲迴盪在耳邊，震耳欲聾。

這種感覺，與跟申宇天在一起時那種美好到不切實際的甜蜜不同。

自相識以來，官燁看到的都是最真實的我，都是我最痛苦難堪的時刻，而他總是溫柔地以行動安撫我受傷的心。

如果說申宇天是耀眼到讓我不敢直視的燦陽，那麼官燁就像是黑暗裡的柔和曙光，解救了在深淵裡掙扎的我。

我凝視著他，心中交錯著複雜的情緒。

別對我這麼好，拜託……

我怕我沒有辦法控制自己的心。

「謝謝你。」我哽咽道。

「看到妳這麼上進，讓我知道我的決定沒有錯。」官燁欣慰一笑，「妳專心複習吧，不吵妳了。」

語畢，他在餐桌斜對角的位子坐下，全神貫注盯著筆電螢幕，偶爾敲打鍵盤，絲毫沒有因爲我的存在受到影響。我收回目光，整理好心情，認眞埋頭念書。

只是我反覆看著講義，上頭的內容與公式卻怎麼樣也看不懂，習題也解不出來。我氣餒地趴在桌上，小聲哀嘆。

官燁都給我第二次機會了，難道我要讓他失望？我眞的能順利畢業嗎？

「才剛誇妳，結果這麼快就放棄了？」注意到我的動作，官燁微微挑眉。

「我看不懂……」我愁眉苦臉，誠實回答。

他闔上筆電，起身走到我旁邊坐下，「哪裡不懂？」

「都不懂……」我羞愧地低下頭。

「原來我課上得這麼差。」他低喃。我聽不出他是在開玩笑，還是眞的這麼認爲。

我連忙搖頭，「不，你是我遇過講解得最清楚的老師，是我自己的問題。今年對我來說，是特別艱難的一年，各方面都很慘。最近又發生了一些讓我心煩的事，上課沒辦法專心，才會這樣。」

說了這麼多，我只是不希望他把我的問題怪罪在自己身上。

官燁卻皺起眉，「所以妳剛剛才會哭？」

我一愣，喉嚨突然變得乾澀，張口許久才勉強找回聲音，「……你怎麼知道？」

從踏進官燁家開始，我便試著打起精神，不希望自己的低氣壓影響到他。我以爲我隱藏得很好，沒想到他卻注意到了。

「也許在鏡頭前，妳是個很優秀的演員，但是私底下，妳沒有妳想像中的會演戲。」他的眉頭依舊皺著。

這是第一次有人這麼跟我說。

或許是受到成長環境影響，我習慣將負面情緒埋藏在心裡，不希望造成旁邊的人困擾，嘴角也習慣掛著微笑，久而久之，大家好像也忘了我會哭。

「我今天去電視臺錄影，聽見別人在背後說了一些很傷人的話，還遇到一個我最不想遇到的人，勾起了很多不好的回憶……」我心下黯然，「我總是告訴自己，不管今天過得再痛苦，明天還是會來，只要繼續走下去，就會去到一片屬於我的風景，可是現在，我卻覺得很累、很迷茫……」

「要是覺得累，就休息吧。」官燁平時總是寡淡的口吻多了一絲焦急，「妳不是鐵打的，不需要一個人扛下所有。」

可是我的世界只剩下我一個人，又有誰會借給我肩膀，讓我靠著休息一下？

迎上官煒憂慮的眼神，我忍不住問出那個徘徊在我心裡已久的疑問：「官煒，你爲什麼要對我這麼好？」

官煒一怔，像是直到這一刻才意識到自己的所作所爲，他沉默半晌，緩緩說道：「對一個人好需要理由嗎？妳看到陌生人尋死也會去救了，我的行爲需要解釋嗎？」

如果他對一個人好不需要理由，那麼他對每個人都是如此嗎？

「如果一定要一個理由……」官煒看向我，薄脣吐出幾個字：「因爲妳值得，韓卓琳。」

我驀地一怔。

每當經歷一次又一次的波折，整個人精疲力竭時，我總是反覆告訴自己，我值得這世界哪怕只有那麼一點點的美好，藉由這種自欺欺人的方式，努力生存下去。

如今從官煒口中聽見這句話，我才明白，原來這簡單的幾個字，是眞的能夠帶給一個人力量。

可是我眞的值得嗎？

和申宇天交往時，他也曾經認爲我值得他的好，但是在眞正了解我之後，他對我的感覺卻只剩下失望。

官煒呢？

在知道眞相後，他依然會認爲我值得嗎？

我垂下眼想要避開官燁的注視，眼角餘光卻瞥見他左手腕上的疤痕，也許是因爲他一個人在家的緣故，那處平時總是被手錶遮住的位置，此刻坦露出來。看著上頭不止一道的割痕，我的心泛起一陣疼。

大概是屋裡的氣氛太柔和，又或者是被薰衣草的淡香迷惑，我下意識伸出手，輕輕拉住他滿是傷痕的左手，「要交換故事嗎？」

他眼裡閃過訝異，卻沒有甩開我的手。

我撥開前額的髮絲，讓那道醜陋的傷疤在他面前展露，「如果我告訴你這道疤是怎麼來的，你願意告訴我你這些傷痕背後的原因嗎？」

如果他知道了我的一切，他還會對我好嗎？

「上次聚餐，我提過我是單親，對吧？從我有記憶以來，我爸幾乎沒有一刻是清醒的，他身上帶著難聞的酒味，時常對我媽大吼，甚至動粗。」

我說話的時候，官燁始終凝視著我，安靜聆聽。

「我媽總是告訴我，我爸以前不是這樣的人。我媽家境不好，高中畢業就出社會工作，因緣際會下到片場打雜，認識了當時擔任導演助理的我爸，兩人就這樣在一起，然後有了我。」我淡淡地說道：「我出生那年，我爸爲了實現導演夢，跟朋友共同出資合拍電影，拍攝過程很不順利，投資方忽然撤資，我爸只好到處借錢，最後電影不但未能上映，我爸還因此負債上千萬元，從此性格大變。」

每次媽媽提起爸爸，臉上沒有憤怒或是怨恨，只有滿滿的心疼，像個被愛情蒙蔽雙眼的傻女人，內心期盼著有一天，他會變回她心中最好的那個樣子。

只是那天，終究沒有到來。

「後來，我爸變成遊手好閒的酒鬼，我媽爲了幫他還債，兼了很多份工作，每天早出晚歸……」我不自覺屏住呼吸，頓了幾秒才繼續往下說：「也是從這個時候開始，只要我爸心情不好，找不到我媽，就會把氣出在我身上。」

回想起那段過往，那股熟悉的恐懼就會再次出沒，將我吞噬。我岔了口氣，連忙咬住下脣止住聲音逸出，身子卻不受控制地微微顫抖。

下一秒，原先被我輕握著的大掌轉而緊緊握住我的手，掌心傳來的溫度令我感受到安全，不再被恐懼支配。

我抬眸看向官燁，他眼裡滿是疼惜，「如果太痛苦，可以不用勉強。」

「可是我想告訴你。」

我想知道，他是否也會跟申宇天一樣，在知道眞相後對我避之唯恐不及。

「我六歲生日那天，我媽在前一晚買好了蛋糕，和我約好下班後要回家幫我慶生。偏偏當天有人上門討債，我爸心情特別差，他把蛋糕摔在地上，伸手抓起我，反覆將我的頭猛力撞向桌角。」

當時的畫面歷歷在目，那道隨著時間淡去的傷疤，此刻又開始隱隱作痛。

「疼痛只是一瞬間的事，因爲我一下子就失去了意識。醒來時，我發現自己被關進衣櫃，四周一片漆黑，什麼都看不見。那時候我拚命哭喊，希望我媽能來救我，但不論我怎麼喊，始終都沒有人來……」

說到這裡，我的喉嚨彷彿被什麼卡住似的，發不出任何聲音。

我用力喘了口氣，強迫自己繼續說：「我好像被關了……兩天吧？我分不清時間的流逝，只覺得每分每秒都快要窒息。當我以爲自己已經死掉的時候，我媽終於打開衣櫃門，抱著我拚命跟我道歉。她臉上都是紅腫瘀青，我知道她不是故意不來救我，是我爸不讓她來。」

我慢慢抬手，指尖覆上左額，「這道疤就是當時留下來的。從那天之後，我就很怕黑，如果晚上沒有開燈，我會很難入睡，好不容易睡著也會做噩夢。」

說完，我重新迎上官燁的目光，並在他眼裡捕捉到一絲複雜的情緒。

當初我和申宇天坦白時，他也是用複雜的眼神看著我。後來我才明白，他之所以會那樣看我，是因爲當下他就知道，我們之間已經結束了。

可是官燁呢？他爲什麼會這樣看我？

是同情、錯愕、震驚？還是其實他一點也不在乎？我分辨不出來。

他欲言又止，似乎還沒想好適當的措辭。

「幸好這樣的日子沒有持續太久，我生日後不久，某天晚上我爸醉倒在大馬路上，被貨車碾過，就這樣走了。」我的語氣恢復平靜，「可是他除了人走了之外，什麼也沒有帶走。他的債務、他帶給我們的傷害，一樣也沒有少。生日對我也留下了陰影，所以我已經有快二十年沒慶祝生日了。」

回想起來，申宇天也是挑在我生日當天和我分手。果然那天都不會有好事發生。

「說起來也眞諷刺，我爸爲了拍電影，賠上他的人生、毀了我們家，我長大卻成了演員，我拍電影賺來的錢都拿去還他拍電影欠的債。」我無奈一笑，「他還在我臉上留下這麼醜的疤，對一個女藝人來說，這根本就是致命傷。」

「不會醜。」官燁修長的手指輕拂過我額上的疤，輕柔的觸感令我微微發癢。「即使傷痕背後是痛苦的回憶，卻也是妳堅強生存下來的證明，這麼勇敢的妳，很美。」

他望著我，烏黑的眼瞳清澈無比，我這才看清他眼中流淌著的既不是同情，也不是錯愕，而是心疼與溫柔。

我鼻尖湧上酸楚，眼眶灼熱。

爲什麼他總是能用簡單的言語，抹去我的狼狽不堪？

「要再聽一個故事嗎？」

這一刻，我忽然一個祕密都不想隱藏。我想要告訴他我的全部。

「我跟你說過我小時候生過一場病，對吧？我爸走了之後，雖然因爲債務的關係，生活過得很辛苦，但有我媽在，我很知足，也覺得很幸福。升上小三那年，我變得很容易疲倦，上課常常打瞌睡，有一天還突然流鼻血，怎麼都止不住。我媽帶我去醫院做檢查，原本以爲應該不會是什麼大病，可是結果出來……是白血病。聽說我外婆也是這樣走的。」

官燁瞠大眼，露出恍然大悟的表情，像是終於將一切連結起來。

「接受治療那段期間，我每天都很害怕會看不到明天的太陽，總覺得世界對我很殘忍，讓我有一個那樣的爸爸，又讓我生這種病。」我勉強扯了扯嘴角，「即便後來身體康復了，我心裡一直覺得很對不起我媽。她一生都過得很辛苦，先是我爸，接著又被我拖累……」

「妳很幸運擁有眞心愛妳的母親，她願意爲了妳付出，妳不該感到自責。」官燁開口，口吻更加柔和，「我看了妳演的電影。妳是個很優秀的演員，我相信妳媽一定很爲妳驕傲，妳只要在能力所及範圍好好孝順她就行了。」

「你看過我演的電影？」我很驚訝，「哪一部？」

初相識時，官燁對我一無所知，沒想到他居然會去找我演過的電影看，而且我演的多半是愛情片，實在不像是他這種人會感興趣的類型。

「《好想你》。」他低喃道：「現在我知道爲什麼妳能把女主角的情緒揣摩得那麼眞實了。」

「是啊，那部戲對我有很特別的意義。」我的目光落向窗外，「本來我也以爲終於能讓我媽過上好日子，可惜來不及了……她四個月前過世了。」

官燁愧疚地擰起眉頭，「抱歉，我不知道。」

我搖頭，表示自己沒事。

「當初爲了付我的醫藥費，我媽到處跟人借錢，還兼了好幾份工作，最後我病好了，她卻累倒了。這幾年她身體狀況一直很差，前陣子終於撐不住……就走了。」我深吸一口氣，忍住哽咽，「不只如此，當初帶我進演藝圈的恩人也意外過世，我工作上遇到很多困難，所有的一切，都讓我好累。小時候我總覺得活著生不如死，但是生過病後，我知道我必須珍惜這條好不容易救回來的命，所以不管遇到什麼困難、日子再怎麼痛苦，我也相信明天……會變好的。」

可是現在，我不確定了。

明天，眞的會比較好嗎？

「韓卓琳……」他輕喚我的名字，「妳眞的很勇敢。」

下一秒，官燁將我攬入懷中，一手將我緊緊地扣在懷裡，另一手則輕輕撫摸著我的頭。我的臉貼著他厚實的胸膛，能清楚感受到他的心跳、體溫和呼吸。

如果可以，我希望他能像現在一樣，永遠陪在我身邊。

有他在身邊，我將不再感到寂寞與害怕。

這樣的想法，是不是太貪心了？

「如果我有妳一半的勇敢，也許……我就不會做出這麼懦弱的舉動了。」

他低沉的聲音在我耳邊響起，帶著一絲幾不可察的顫抖。

「我有一個哥哥。」沉默良久，官燁才緩緩接續著說：「我們只差了三分鐘出生，長得一模一樣，除此之外，我和他卻是天差地遠。」

他勉強笑了笑，眼底的悲傷與脆弱，赤裸地展露在我面前。

「我從小就文靜少言，比起和朋友一起玩耍，更喜歡獨自安靜看書。但是我哥不同，他開朗活潑，有他在的地方，永遠充滿了笑聲。長輩們常開玩笑說，出生時我拿走了所有的學習細胞，他則搶走了所有的活力。

「也許是因爲個性不同，雖然是雙胞胎，我們卻一點也不了解對方。就像我不懂爲什麼他總是喜歡跟班上一些很幼稚的人爲伍，明明不好笑的笑話他總是笑得最大聲；他也不懂我爲什麼喜歡看馬克吐溫或是海明威的書，還有爲什麼我寧可一個人待著，也不想跟一群人膩在一塊。」

先前我在官燁家中牆上見過一張全家福合照，從照片就能感覺出他們兄弟倆性格上的差異。

「不過我知道，我哥這樣的性格比較討人喜歡，走到哪裡都是人們注目的焦點，存在感強烈。」官燁眼神黯然，語氣卻格外平淡，彷彿在敘述與自己無關的事，「他就像一棵大樹，深根在每個人心中，而我只是一片樹葉，永遠不及他的萬分之一。」

小樹。

我想起那天官燁母親嘴裡喚的那個名字。

因爲是雙胞胎，長相一模一樣，所以她才會將官燁認錯。

「小樹，媽媽就知道你沒事。我的乖寶貝，媽媽好想你，爲什麼你這麼久沒來看媽媽？」

「把小樹還給我！」

然而，想起官燁母親那歇斯底里的怒吼，我心中浮現一個令人不安的猜測。

「每次一想起他，我就特別痛苦。」官燁扯出一抹苦澀的笑，說出的下一句話印證了我的猜測，「那天活下來的，應該要是他。」

官燁說，他出生在一個富裕的家庭，父親是野心勃勃的企業家，繼承家業後，短短幾年便拓展版圖，成功將公司品牌推向國際，營業額每年都創下新高。

要達到這樣的成就，過程中難免會樹敵。

「十二歲那年，某天放學，我和我哥一如往常上了停在校門口的轎車，關上車門卻發現司機是個陌生人，我們還沒反應過來，就失去了意識。醒來時，我們被帶到了一間倉庫，手腳都被麻繩捆綁，面前站了幾個人，其中一名中年男人，是我爸強行收購的一家公司的老闆。」

我忍不住驚駭地倒抽了一口氣，簡直無法想像兩個只有十二歲的小孩遭遇這種事，心裡會有多驚恐。

「綁匪說只要我爸願意支付贖金，就會放我們走。我向來不習慣把內心的情緒表現出來，但是我哥不同，我第一次見他那麼害怕。」

官燁的父親兩天之內就匯了鉅額贖金，綁匪卻沒有要放他們走的意思。

他們從綁匪的對話中得知，由於官燁父親收購那間公司，導致那名男子破產，而他原先就患有憂鬱症的老婆因不堪打擊而自殺了。

那時官燁就知道，他和哥哥可能沒辦法活著離開。

「我們聽見綁匪在討論，倘若要殺掉其中一人該選誰，誰的死會更讓我爸媽難過。」官燁的眼神冷了幾分，「後來綁匪問了我們一個問題——你們兩個，爸媽比較喜歡誰？」

說到這裡，他痛苦地闔上眼，白皙的臉頰血色全無。

「『當然是我。』當時我哥想都沒想就這麼回……他擋在我身前，指著我說：『他從小就性格陰沉，爸媽才不喜歡他。』」

一滴淚從官燁的眼角溢出，他抬手掩住雙眼，不想讓我看見。

「在綁匪帶走我哥前，他回頭笑著對我說：『小燁，你一定要好好活著。』」待情緒稍微平復，官燁才繼續說：「後來的場面很混亂、很血腥，我只知道我昏了過去，醒來時，我躺在醫院的病床上，病房裡除了醫生，還有許多警察。當時我媽坐在床邊，一看到我醒來，立刻激動地抱住我，哭著對我說……」

他倏地停住話，我不自覺屏住呼吸。

「小樹，幸好活著的是你。」

我一聽官燁說完這句話，心狠狠一抽，難受不已，想說些什麼安慰他，卻也明白此時安慰的言語都將顯得蒼白無力。

「我媽發現活下來的其實是我之後，徹底崩潰了。她的精神狀況變得不太穩定，時好時壞。有時她會對我很溫柔，有時她又會對我大哭大吼，質問我爲什麼不是小樹。我哥週年忌日那晚，我媽服藥過量，神智恍惚。她半夜進到我的房間，雙手掐住我的脖子，不停問我：『爲什麼死的是小樹，不是你？』」

我感覺心臟被人緊擰著，一滴溫熱的液體滴落在手背上。我連忙抹去臉上的淚水，卻無法平撫我對官燁的心疼。

以往生活雖然過得辛苦，但媽媽給我的愛從來沒有少過，也是支撐我活下去的力量。我無法想像親耳聽見自己的母親說出這樣的話、做出這樣的事，會有多令人痛心。

「那天過後，我開始經常失眠，我害怕我媽會再次進到我的房間、害怕會夢到我哥，就算天亮了、新的一天又來了，也不會是解脫，只代表所有的痛苦都會再次重複。」官燁微微低下頭，撫過左腕上一道又一道暗色疤痕。「有一次，我被我媽砸碎的玻璃杯割傷，在那一瞬間，好像有一部分的痛苦隨著疼痛、隨著流出的血被釋放。從那之後，每當壓力大得讓我喘不過氣，我就會忍不住想傷害自己，這樣我才能短暫地從痛苦中得到解脫，才能……繼續活下去。」

「我沒有想要死。」

原來官燁傷害自己，並非企圖輕生，他是爲了活下去，才想著要藉由身體上的疼痛，暫時紓解心中的傷痛。

他和我一樣，我們都活得痛苦，卻還是必須要活下去，用不同的方式，在這個世界上苟延殘喘著。

「那次綁架讓我有了心理創傷，我一直持續接受精神治療，上次妳在醫院看到的女醫生，就是我的主治醫師，她也是唯一一個知道我所有過去與內心想法的人。」官燁目光筆直地看向我，「妳是第二個。」

「妳送我去醫院那天，是我的生日。每經歷一次生日，我就越加討厭自己。憑什麼我一年一年變老，我哥卻永遠停留在十二歲？那天活下來的，應該是他才對。」官燁閉了閉眼，深深吐出一口氣，「所有人都知道我們不同，但妳知道我和他最大的差異是什麼嗎？是他很勇敢，所以在那個當下才會跳出來保護我，而我很懦弱，所以只能眼睁睁看著他離去。」

官燁扯了扯唇角，笑得難看，「那才是眞正的我。就算大家都把對他的期望放到我身上、就算我長得和他一模一樣、就算我努力想要變成他，我也永遠無法成爲他。」

「你就是你，不需要爲了誰而成爲別人。」我起身，上前將他抱住。

即使官燁在敘述的過程佯裝冷靜，此刻我卻清楚感受到他身軀微微顫抖。

「你哥會那麼做，是身爲哥哥想要保護弟弟的本能，是因爲他愛你，你不應該感到自責。」我加重抱著他的力道，「你哥那麼愛你，我相信他一定不希望你活得那麼痛苦。」

隔了好一陣，我鬆開懷抱，重新握住他的手，眼淚滴在他手腕淺深不一的疤痕上。

「官燁，別再傷害自己了好嗎？看到你這樣，我會心疼。」

我不知道用什麼方式才能修補官燁受傷的心，也不知道我是否有資格走進他的心裡，如果可以，我想要成爲他期待明天的理由，讓他不要再用傷害自己的方式，來得到心靈上的解脫。

他看著我，原本黯然的眼神，似乎再次燃起了光芒。

窗外依舊下著大雨，蠟燭的火苗左右搖曳在漆黑的屋裡，時間的齒輪彷彿在這一刻停止了運轉。

我眼裡只看得到他，他也只看得到我。

隔著短短幾公分的距離，我們之間只剩下凌亂的心跳、交錯的急促呼吸，以及炙熱的情愫。

我們都是成年人，明白接下來的發展只有兩種可能。進，或退。

「韓卓琳……」他緩緩啟唇，我則下意識屏住呼吸，「謝謝妳。」

最後，官燁先退了一步。

✦

隔天醒來時，我發現自己居然趴在餐桌上睡著了。屋裡的燭火早已熄滅，窗外的風雨也停了，初冬的暖陽照射進屋內，天空經過雨水的洗刷，一片蔚藍。

而官燁同樣也趴在餐桌上睡著了。他睡得安穩，眉宇舒展，像是那些煩心事都不再困擾著他。

我再度趴下，側過臉靜靜端詳他熟睡的面容，脣角輕輕揚起。

沒有想過有一天，我可以如此坦誠地向另一個人訴說我的一切，那個人不但不會讓我感到卑微或狼狽，反而讓我覺得自己很勇敢，戰勝了別人也許無法承受的難關。

我也沒有想過，官燁完美的外表下，隱藏著一段悲傷的過去。

我想好好擁抱脆弱的他，想陪在他身邊，想等他打開心房、不再拒人於千里之外的那天到來。

這一刻，我感覺自己枯竭的心，彷彿又重新湧現一股暖流。

官燁，我好像……喜歡上你了。

Chapter 6

如同那天的雨過天晴，我陰暗的世界，也終於開始出現一絲光彩。

在Vivi的協助下，我順利拿到之前飲料廣告的費用，這筆錢不但能支付療養院的欠費，也讓我短時間內無須操心生活開銷。

參與錄製《綜藝一加一》的那集節目也在電視上播出了。

也許是因爲我不常上綜藝節目的關係，預告一出來就引發網友討論，節目播出後，小徐特別傳訊息告訴我，那集的收視率是近期最高的一集，還說如果我以後想上《綜藝一加一》，隨時可以與她聯繫。

Vivi也打電話通知我，有幾間保養品廠商聯絡她，表明有意找我代言或業配。

這次的經驗讓我再次領悟到一件重要的事——我需要收入。

由於那筆飲料廣告費用來得及時，才解決了燃眉之急，但下次我可能就沒這麼幸運了。

距離經紀公司的冷凍令解除還剩下三個月，我必須提早思考回歸的計畫。身爲藝人，太久沒出現在螢光幕前，就會逐漸被觀眾遺忘，這是殘忍的事實。前陣子我推掉了不少劇本，這件事圈內人多有耳聞，加上楊總對我不喜，我擔心自己未來會像余筱萱所說的一樣，接不到戲。

此外，最近盤據在我心上的，還有另一個人。

官燁。

那晚我們向彼此坦誠一切後，我和他的關係變得有點不一樣。

例如我們會很有默契地選在同一時間出門，每天早上打開家門，我總是能看到官燁等在電梯前，他不再像之前那樣刻意加快步伐甩開我，而是與我一同並肩步行二十分鐘去到學校。

例如他看我的眼神總是很柔和，對我微笑的次數也逐漸增加，偶爾也會主動關心我的生活，或是對我做出一些狀似不經意的貼心舉動。

然而，即使我們的距離拉近了許多，我們之間依然存在著一道界線，官燁和我各自站在線的兩側，誰都沒有跨越。

每當看著他在講臺上授課的身影，我就會想起，他是老師，我是學生，也是藝人。

儘管我對他的感覺超出鄰居、師生，甚至朋友，但我不敢確認他對我的感覺是什麼。

我很清楚，現實世界的感情不會像電影裡一樣，光有愛就能一帆風順。

就算我喜歡官燁，我也只能把這份心情埋藏在心裡，也許永遠都不會展露出來。

過了幾個星期，我接到Vivi的電話。

「卓琳，安導昨天通知我，說他正在籌備一部新戲，有意找妳演女主角！」

「安導？」我心中一驚，「眞的嗎？」

安祖延，人稱亞洲導演界的鬼才，不到三十歲就拿下金馬獎最佳導演，年紀輕輕已是演藝圈舉足輕重的大人物，他執導的每部電影都是佳作。

我和安導三年前合作過電影《與他有約》，這部作品票房很不錯，也讓我入圍金馬獎最佳女主角，將我的演藝事業向上推了一把，可惜後來因爲檔期湊不上，始終沒有機會再度合作。

「嗯……」Vivi語氣卻多了些遲疑，讓我有種不好的預感，「問題是，安導希望盡快確定選角，但目前楊總對妳的禁令還沒解除，我沒辦法現在就幫妳接下這部戲……」

聞言，我心中一沉。

「安導一直問我妳的近況，我又不方便透露太多。」Vivi無奈地嘆了口氣，「他說他手上目前有幾個女主角人選，雖然他最中意妳，但要是我們這邊遲遲無法給出確定的回覆，他也只能找其他女演員。」

「那我能怎麼辦？聽起來沒希望了……」我感到挫敗。

照安導果斷的性格，他肯定不喜歡這種模稜兩可的態度。

「不如妳親自去找他談談？如果能讓他感受到妳的誠意，或許他會通融一下。」

「安導那麼忙，我怎麼可能約得到他？」我懊惱地說：「況且要是我私下約安導的事傳進楊總耳裡，他肯定會很不高興，搞不好會延長我的冷凍令，這件事的嚴重程度和之前私自上綜藝不一樣。」

Vivi似乎也不知該如何是好，沉默半晌才又說：「下週六是Bloom集團一年一度的慈善晚宴，安導每年都會參加，不如妳去那裡找他？如果是在這種場合『巧遇』，然後『剛好』談到電影的事，楊總應該也不能說什麼吧？主辦單位裡有我的朋友，我請他通融妳進場，反正妳是藝人，出現在那種場合也不奇怪。」

「好。」我馬上就一口答應。

我必須要爲自己的事業努力一回，我想證明自己不是只能靠著梅姊成功。

✦

Bloom集團慈善晚宴在悅豐酒店舉行，我搭乘電梯抵達舉辦晚宴的樓層。

這個慈善晚宴由Bloom集團總裁夫人全權規劃，募得的款項將全數捐給她長年資助的育幼院。

今晚參與的賓客都是有頭有臉的政商名流和明星藝人，每個人均盛裝出席。我也特別畫了全妝，並找出以前參加典禮時穿過的黑色連身褲裝，以及細跟高跟鞋，將自己打扮得正式體面些。

我朝晚宴廳走去，向一位胸前掛著識別證的男子打招呼，「張經理，您好。」

「韓小姐，歡迎！」這位張經理就是Vivi的朋友，他要我直接進入會場就行了。

或許是脫離演藝圈已有一小段時間，走進晚宴廳的瞬間，我對眼前盛大的排場竟有些不太適應。時尚高雅的布置、輕快悅耳的音樂、精緻的美食與飲品，處處散發出低調的奢華，很符合Bloom的品牌形象。

由於晚宴尚未正式開始，大多數的賓客都聚集在會場後方，相互寒暄問候。

我試著在茫茫人海中尋找安導的身影，卻徒勞無功，不料竟瞥見了一個意想不到的人。

官燁身穿一襲剪裁合身的黑色訂製西裝，外套下的白襯衫燙得平整，沒有一絲皺摺，胸前繫著深灰色領帶，舉手投足間散發出自信，宛若商界菁英。

他正與幾名年齡較長的男人交談，嘴角噙著禮貌的微笑，那幾名男人不時對他露出讚賞的眼神。

官燁怎麼會在這裡？還來不及細思，我便被人叫住。

「卓琳？」

回頭望去，映入眼簾的是安導熟悉的笑臉。

「安導！」我立刻揚起笑打招呼：「好久不見。」

安導換了個新造型，以前的他習慣把那頭半長不短的頭髮綁成一小束馬尾，現在他頭髮不但剪短了，還梳了油頭，乍看差點認不出來。

「眞的好久不見了。」安導眼中有著欣喜，「前幾天我才打電話給Vivi，想喬妳的檔期，結果她支支吾吾，沒想到今天就在這裡遇到妳，眞巧。」

我微笑不語。

「不過妳最近神隱哪兒去啦？」他半是調侃地問道。

我略顯無奈地笑道：「之前拍戲太累，休息了一陣子。」

「休息固然重要，但也別休息太久，不然很容易被忘記的。」安導一向不拐彎抹角，一字一句都直接命中要點，「Vivi應該已經跟妳提過了吧？我手上有個很棒的劇本，計劃要拍成十六集的電視劇，我覺得裡面的女主角很適合妳。」

「安導這次要拍電視劇？」我不禁感到意外，身為國際聞名電影大導的他，怎麼會想要轉戰小螢幕？

「我三十三歲了，想趁年輕挑戰不同的事物，像是拍出一部具有電影質感的電視劇。而且我非常喜歡這個劇本，它的篇幅也比較適合電視劇，主角是女作家和男刑警，故事帶點奇幻和動作元素。」安導神采飛揚說道。

他說得自信滿滿，我相信這又會是另一部巨作。

「怎麼樣？有興趣嗎？」安導目光炯炯地看著我，「這部戲不論對妳或是對我都會是個突破，女主角的性格比較強勢，也有不少動作戲，我需要一個有耐心、不怕吃苦的女演員，而妳是我合作過的女藝人中配合度最高的。演技就不用說了，我認爲妳一定可以詮釋這個角色。如何？只要妳點頭，我現在就可以把角色給妳。」

我當然想答應，卻無法忽視心裡的那層顧慮。

「安導，我是眞的很想跟你合作，但是……」我欲言又止，不知道該怎麼解釋自己被公司冷凍的事。

「怎麼？」安導雙手環抱在胸前，「妳跟楊總鬧翻了？」

我一愣，頓時啞口無言。

「看來就是這樣沒錯，難怪我打電話給他，說想找妳拍戲，他卻一直推其他藝人給我，當時我就覺得奇怪。」他哼笑，接著又問：「跟孫娜娜有關？」

「你知道這件事？」我再次瞠大眼。

「我跟孫理事算熟，聽說他放話威脅楊總，要是不對妳做出懲處，就要從所有與太陽娛樂有關係的戲劇裡撤資。」安導無奈搖頭，「這對舅甥性格都不太好，整天搞小動作，遲早有一天會出事。」

我輕嘆了一口氣，「安導，儘管很想接下這部戲，不過除非公司同意，不然我也沒有辦法自行做決定，我知道你那邊時間有點趕……」

安導眉頭深鎖，似乎對這個情況也束手無策，「我跟投資人討論一下，看能不能延後選角。妳是我心目中的女主角，但最後還是要看檔期能不能搭上。說到楊總，我記得他今天好像也會來？」

什麼？我心中大驚，接著便聽見不遠處傳來一道熟悉的刺耳笑聲。轉頭一看，只見楊總和他的夫人正往這邊走過來。和我對上眼時，楊總臉上的笑意瞬間凝固。

慘了！要是被楊總得知我刻意過來找安導，肯定不會有好下場。

心慌意亂下，我轉身朝官燁快步走去，想也沒想就拉住他的手腕，焦急道：「官燁，我需要你幫我一個忙。」

官燁似乎被我嚇到，全身一顫，一時之間反應不過來，待看清來人是我後，他皺起眉頭，納悶地問：「韓卓琳，妳怎麼會在這裡？」

我還來不及向他解釋，身後便響起楊總不悅的粗啞嗓音，也問了我一模一樣的問題。

「韓卓琳，妳怎麼會在這裡？」

我回過頭，硬是扯出一抹僵硬的微笑，「楊總，好久不見，最近還好嗎？」

楊總完全不理會我的寒暄，語氣冰冷：「我不記得賓客名單上有妳的名字，妳是怎麼進來的？」

「我……」

正當我思考著該編造什麼理由時，官燁突然伸手攬住我的腰，將我拉向他。

「韓小姐是我的女伴。」官燁向楊總伸出右手，莞爾道：「楊總您好，我是官燁。久仰您的大名，很榮幸今天能見到您。」

我微微睜大眼，仰頭看向官燁輪廓立體的側臉，心裡泛起一陣波瀾。

我什麼話都還沒說，他卻瞬間明白我需要的幫助是什麼，又一次毫不猶豫地對我伸出援手。

「官燁……」楊總回握住官燁的手，「難不成你是官總的兒子？」

「是的。」

聽見官燁的回答，楊總看了我一眼，似乎不理解我怎麼會認識官燁。

「原來是官總的兒子！」下一秒，楊總眉開眼笑，方才的怒氣煙消雲散，「聽聞官總有個傑出的兒子，果然一表人才，很有乃父之風！」

對於楊總的稱讚，官燁只是禮貌一笑。

「那我不打擾你們了。」楊總看向我，乍聽溫和的語氣下夾藏著威脅，「卓琳，我們改天再聊。」

「是，楊總。」我彎起嘴唇向楊總道別，對自己虛僞的表現感到反胃。

楊總走遠後，我如釋重負，重新迎上官燁的目光，「謝謝你。」

「妳爲什麼會在這裡？」官燁鬆開摟著我的手。

「有個導演想找我拍戲，礙於某些原因，經紀人沒辦法幫我答應，我知道他今晚會出席晚宴，所以打算當面跟他談一談。」我簡單解釋。

雖然我和官燁提過自己在工作上遇到困難，但沒有明講是被公司冷凍，這對我來說有些難以啓齒。自從他當面稱讚過我是優秀的演員後，我便希望自己可以一直在他心裡保持美好的形象。

官燁點點頭，視線在我身上停留，似乎對於我今天正式的裝扮有些意外。

我撥了下長髮，不好意思地解釋：「因爲場合比較正式，就特別打扮了一下。」

「妳今晚很漂亮。」他唇角彎起一抹淡淡的笑意。

他的語氣平淡平奇，卻在我心中掀起風浪，四周的喧囂驀地遠去，耳邊只聽見自己怦然的心跳聲。

「謝謝……」我雙頰燥熱，連忙低下頭，不想讓他看到我害羞的樣子，並轉移話題，「不過，你怎麼會在這裡？」

官燁居然能讓一向高傲自大的楊總露出奉承的態度，雖然他提過自己出身富裕，但並未著墨細節，我也不曾多問。

「我——」他正要回答，卻被一名穿著淺灰色西裝的年輕男子走過來打斷。

「這不是官燁嗎？」男子渾身散發出一股玩世不恭的氣息，隱隱不懷好意，「眞是稀奇，官少一向不出席公開活動，今天吹的是什麼風？難不成你眞的不當老師，打算回來接班了？」

「好久不見，少維。」官燁禮貌微笑，眼神淡漠。

「今天帶女伴來？」男子瞥了我一眼，訕笑道：「聽說你剛跟徐家的千金分手，這麼快就交新女朋友了？大家老說我花心，但我怎麼覺得你換女人的頻率比我還高？」

我正打算開口爲官燁解釋，他卻抬手攔住我，示意我不要介入。

「我剛跟李副總聊了一下，聽說你最近又惹上麻煩了，還好吧？」官燁平靜說道。

男子的笑容瞬間一僵，尷尬地扯了扯嘴角，「已經處理好了，不用擔心。」

似乎被戳中痛處，男子的氣勢瞬間沒了，自討沒趣地閃身離開。

「你朋友？」

「高中同學。」

「他講話好討厭。」我蹙眉。

「這裡像他這樣的人很多，所以我才不喜歡出席這種活動。」官燁聳肩。

「我也不喜歡。」一想到楊總也在這裡，我就感到渾身不舒服，「我該走了。」

他沒有挽留我，只貼心地說道：「我陪妳出去吧。」

我刻意放慢腳步，想增加和官燁相處的時光，即使只有多幾秒鐘也好。

原以爲剛才官燁幫我解圍後，今晚應該不會再有更多的災難，但事實證明，我還是把一切想得太簡單了。

「呦，這不是被公司冷凍的韓卓琳嗎？」

耳邊響起一道尖銳的嗓音，我想今晚用「冤家路窄」來形容，再貼切不過。

「這裡每位來賓最少要捐二十萬才能獲邀參加晚宴，妳是怎麼混進來的？難不成是乾媽死了，想著要來這裡找個乾爹？」孫娜娜攔下我，她穿著一身性感紅色晚禮服，露出白皙的肩膀和胸前的事業線，手上拿著一杯紅酒，滿臉鄙夷。

「讓開。」我完全不想與她有任何交流。

孫娜娜卻刻意擋住我的去路，嘖了一聲，「像妳這種沒背景，身材長相都很普通的貨色，居然也能演女主角，肯定被人睡過不知道幾次了。」

「夠了。」官煒出聲制止，冰冷的目光射向孫娜娜，「這裡不是妳這種人可以胡鬧的地方，請妳自重。」

「你又是誰？」孫娜娜不屑地打量官煒，似乎被他的話激怒，「什麼叫我這種人？你知不知道我是誰？我爸今天捐了多少錢你知道嗎？不是英雄就少逞強，給我搞清楚情況再說話！」

我不想在這種盛大的場合裡製造紛爭，但她莫名其妙攻擊官煒，我心裡瞬間燃起一把火，再也忍耐不住。

「孫娜娜，我到底哪裡惹到妳了？」我試著壓低音量，不想引起旁人的關注，「我跟妳不過一起拍了一次廣告，妳爲什麼要處處針對我？」

「妳搶了多少本該屬於我的角色，妳不知道嗎？」孫娜娜咬牙切齒道：「《與他有約》、《好想你》，這幾部電影的女主角本來都應該是我！」

原來是這樣？她想要的角色被我拿下了，所以對我懷恨在心？

我冷笑著搖頭，「妳永遠不可能詮釋好這些角色的。」

「妳說什麼！」孫娜娜美麗的面孔變得扭曲猙獰，她舉起手中的紅酒杯，作勢朝我潑來。

我下意識閉上眼，抬手擋住臉，幾秒鐘過去，卻什麼事都沒發生。

「你……」孫娜娜錯愕的聲音傳來。

睜眼一看，官燁站在我面前，替我擋下了孫娜娜的攻擊。他臉上掛著酒液，頭髮微溼，西裝外套和底下的白襯衫都染上了紅酒的汙漬。

「官燁！」我一時忘了控制音量，驚慌大喊：「你沒事吧？」

忽然間，周遭的人都朝我們這邊看來，原先優雅愉悅的氛圍瞬間被一陣騷動給取代，人們的竊竊私語迴盪在晚宴廳內，久久不息。

我想幫官燁擦拭，卻被他擋了下來。

我的手僵在半空中，過了幾秒才收回。官燁慢條斯理地抹去臉上的酒水，混亂的場面下，他顯得格外從容不迫。

他生氣了。

雖然他面無表情，但是我可以感覺到那股被他壓抑在內心的怒火，正蓄勢待發。

孫娜娜僵在原地，面對數十雙眼睛的注視，她終於意識到自己犯了大錯。

「發生什麼事了？」這時，一名身著黑色晚禮服的美麗婦人從人群中走了出來。

「媽。」官燁輕聲喚道。

我對官燁母親的印象停留在那天她失控的模樣，此刻第一眼居然沒能認出她來。

孫娜娜驀地倒抽一口氣，神色慌張，「官、官夫人……」

「寶貝，你怎麼會弄成這個樣子？」官燁的母親皺起眉頭，拿起一旁的餐巾紙，輕輕替官燁拭去臉上和衣服上的酒液。

我捕捉到官燁臉上一閃而逝的不自在，似乎想要閃躲她的觸碰。

接著，官夫人目光清冷地掃了孫娜娜一眼，伸手一招，幾名高大的保全立刻圍過來。

「把她帶出去，這裡不歡迎她。」

這是我最後一次見到孫娜娜。

之後，晚宴主辦單位負責人出面緩和氣氛，並帶官燁到三十樓的總統套房。

「官少，眞的很抱歉……」負責人不停向官燁鞠躬致歉，並將手中的Armani提袋遞給他，「這是幫您準備的替換衣物，附近只有這一家西服店，無法提供其他更多的選擇，請您見諒。」

「沒事的，麻煩你了。」官燁點點頭。

負責人離開後，官燁便脫下西裝外套，單手鬆開領帶，解開被紅酒染紅的白色襯衫。

見狀，我臉頰一熱，急忙轉過身。

官燁，你要換衣服，至少先說一聲吧！

從他的舉止可以感覺得出，他心情依舊很差。

「你生氣了？」我背對著他，小心翼翼問。

他沒有回答，這讓我更加不安。

「對不起，你的西裝應該很貴吧？」我垂下眼，自責地說：「我會賠——」

「妳覺得我是因爲衣服不高興？」官燁走到我面前，他已經換上乾淨的襯衫和西裝外套，正熟練地打上領帶，「別人對妳說出那麼過分的話，妳就這樣任由對方欺負妳？」

所以……他不是氣我害他弄髒衣服，而是氣我沒有幫自己辯解？

看著平時總是溫和有禮的他居然展露出明顯的怒意，明明我應該要感到畏懼或是緊張的，我卻覺得他現在的反應有點可愛，心中的烏雲頓時散去。

「妳之前說工作上遇到困難，指的就是被公司冷凍？」官燁將一切連貫起來，「所以才需要自己來找導演，才會那麼害怕看到楊總？」

我點點頭。事到如今，我無法再繼續隱瞞，「我和孫娜娜有過一些糾紛，她舅舅是影視公司的大股東，威脅要從我們公司參與的電影和戲劇撤資，楊總一氣之下對我下了冷凍令。不過或許也是順水推舟吧，楊總一直都沒有很喜歡我……」

「冷凍總有個期限吧？」官燁眉頭深鎖。

「當初是說半年。不過就算半年期限到了，楊總大概也不會替我接什麼新戲，甚至可能連廣告或代言也不會有。」我深深嘆了一口氣，苦笑道：「我越來越不想待在這個圈子了。」

過去幾個月，這樣的想法不時在我腦中浮現。

反正我才二十四歲，等拿到大學文憑，作爲一名剛畢業的大學生重新開始，好像也不算太遲。

「別說這種話。」官燁雙眼直視著我，沉聲道：「一切都會好轉的。」

他的語氣無比篤定，彷彿能夠預知未來。

我還來不及回應，官燁的手機便傳來震動聲響。他看了一眼手機螢幕，「晚宴要開始了，我必須回去了。」

我想起剛才離開前沒有跟張經理道別，心裡過意不去，便跟著官燁回到宴會廳，廳內燈光已經暗下，聚光燈打在臺上的主持人身上。

「讓我們歡迎，這次慈善晚宴的總策劃人，Bloom集團總裁夫人，蕭茵茵！」

全場響起一陣熱烈的掌聲，一名身穿黑色晚禮服的婦人緩緩走上舞臺，從主持人手中接過麥克風，露出優雅的笑容，「謝謝今天在場的每一位，來到Bloom一年一度的慈善晚宴。」

我錯愕地呆站在原地，臺上的Bloom集團總裁夫人，竟是官燁的母親……

瞬間，我的腦袋像是被人重重一擊，思緒一片混亂。

我看向身旁的官燁，只見他專注地看著臺上的母親，臉上神情複雜。

這一刻，我才遲來地理解了楊總的討好、孫娜娜的驚愕。

官燁，他是Bloom集團的繼承人。

爲什麼我這麼遲鈍？

我突然覺得官燁離我好遠，儘管此刻他就站在我身旁，我卻感覺我們之間的距離宛如天空與地面一樣遙遠，永遠都不會有交集。

他是夜晚的明月，爲我黑暗的世界照進一束光芒，讓我貪婪地想要擁抱他的溫柔。

可是我不是太陽，也不是星星，我只是地面上的一顆塵埃，怎麼樣都去不到天空。

即使官燁和申宇天不同，卻同樣身在遙不可及的遠方。

✦

晚宴過後，我努力避開和官燁的交集。

自從得知他是Bloom集團的繼承人，我如夢初醒。先前我做了一場短暫的美夢，夢裡我和官燁有過片刻的曖昧，我在乎他，他也在乎我，可是現在夢醒了，現實世界裡，我們之間存在著難以跨越的距離。

有些根深蒂固的觀念，是永遠無法扭轉的，經歷過上一段感情的失敗，這次既然在開始前便已能預知到結果，我只能避免自己繼續淪陷。

「妳在躲我？」有次在住處樓下大廳巧遇，官燁劈頭就問。

「哪有。」我心虛道，硬是擠出尷尬的笑，「快考試了，我最近每天都在圖書館念書。」

他擰起眉頭，烏黑的眼眸彷彿直接看透了我，卻沒有拆穿我的謊言，只淡淡地說：「別把自己累壞了，記得休息。」

看著他離開的背影，我忽然湧上一股衝動，想上前拉住他、擁抱他，把我洶湧的心緒一字不漏地告訴他，可是雙腿卻像被無形的鎖鏈緊緊綑綁，一步也移動不了，只能站在原地，眼睜睜地看著他消失在視線裡。

這陣子，我時常一夜無眠，腦海中全是官燁的臉。

學期接近尾聲，爲了準備期末考試，我除了獨自留在圖書館念書，也和陳思吟約了幾次，請她幫我複習考試科目。

「妳下學期要修什麼課？」陳思吟問。

「我還沒選，必修課已經修完了，到時候看哪門選修課時間適合，再做決定吧。」

「喔，這樣啊。」陳思吟點頭，隨後嘆了口氣，一臉惋惜地說：「我本來期待官燁下學期開一門選修課，想在畢業前修一次他的課，結果他好像連必修課都沒開，不知道是怎麼回事。」

「什麼?」我一愣。

「難不成他不打算教課了嗎?」陳思吟自言自語,接著埋頭繼續念書,沒有注意到我錯愕的反應。

官燁,他不當老師了嗎?

大概是近來爲了躲官燁,我把所有的時間都拿來念書,準備得很充分,每科考試都答得得心應手。

這天是星期五,距離寒假只差一天,我也只剩最後一門科目要考——官燁的計量經濟學。

一走進教室便看見官燁抱著一疊考卷站在臺上,臉上掛著疲憊,整個人顯得有些沒精神。

他怎麼了?最近沒睡好?壓力太大?還是家裡又發生了什麼事嗎?

意識到思緒又被官燁牽動,我連忙甩了甩頭,警告自己不准再想他的事。

拿到考卷後,我快速瀏覽過一遍,跟期中考一樣,這次的考題,全都是官燁課堂上講解過,或習題出現過的。

由於這是大多數人最後一門考試,因此下課鐘聲一響起,教室內倏地爆出一陣熱烈的歡呼，慶祝寒假的來臨。

我拿起考卷朝講臺走去，交卷之後，這門課就正式結束了，我心中不禁泛起一絲不捨，不希望就此畫上句點。

當我走到官燁面前時，人潮已經散去，助教正在旁邊整理考卷，講臺上只有我們兩個人。

「考得還好嗎？」官燁迎上我的目光。

這是過去幾個禮拜以來，我們第一次交談。

他伸手拿過我手中的考卷，我卻過了好幾秒才緩緩鬆手，彷彿正放開我們之間最後的聯繫。

「嗯，應該吧……」

「寒假有什麼計畫？」官燁又問。

「沒什麼計畫。」我搖頭。不用上學，沒有工作行程，我也不知道自己這段假期要做什麼。

「多休息吧，妳會需要的。」他淡淡地說道。

我不明白他的話中之意，正打算開口問，卻見助教走過來將收齊的考卷放到官燁面前的講桌上。

「老師，考卷都整理好了，放在這裡。」

我勉強提起笑，對官燁說：「那我先走了，再見……老師。」

我用這聲「老師」，劃清我和他之間的界線。

官燁眼裡閃過一瞬愣怔，我不給自己時間去解讀他的反應，轉身快步離去。

再見了，官燁。

步出教室前，我聽見助教的聲音在背後響起。

「老師，下學期不能繼續當你的助教，我好難過喔！你怎麼突然決定要休假？你還會回來吧？」

聞言，我腳步一頓，官燁該不會眞的要離開學校吧？

晚上回到家，我接到Vivi的來電。

「天啊，韓卓琳，我到現在還不敢相信會有這麼好的事從天而降！」Vivi的聲音激動到發抖。

「什麼事？」我跟著緊張了起來。

「Bloom集團聯絡公司，說想邀請妳成爲他們下一季的產品代言人，而且他們不知道開了什麼條件，楊總居然什麼話都沒說就答應了！」Vivi聽起來開心得快飛上天了，「卓琳，妳要復工了！太棒了！」

然而，聽見這個好消息，我卻沒有開心的感覺，耳邊迴盪起官燁溫柔的嗓音……

「一切都會好轉的。」

「多休息吧，妳會需要的。」

當時的他，彷彿早已預知一切。

✦

接下Bloom的代言後，我立即替新產品拍攝了平面廣告，以及一系列的宣傳短片，整個寒假忙得不可開交。

Bloom的宣傳一向走高質感路線，花錢毫不手軟，製作團隊從導演、攝影師、燈光師、化妝師都是業界最頂尖的人才。

這個代言就像天上掉下來的禮物，降臨在我最需要的時刻，面對如此可遇不可求的機會，儘管內心有一小部分還沒做好復出的準備，但我知道自己必須拿出最專業的一面，一秒鐘也不能懈怠。

「妳知道爲什麼Bloom會突然找上我嗎？」即便心中已經隱約有了猜測，但我還是這麼問Vivi，我也不確定自己希望從她口中聽到什麼樣的答案。

「我也不知道。」Vivi搖頭，「會不會是因爲言哥在節目上幫妳向Bloom喊話的關係?言哥的人脈那麼廣，妳又提到自己是Bloom的愛用者，加上那集播出後，觀眾的反應也很正面。」

「也許吧……」我喃喃道。

看著遠方的太陽越過山頭緩緩升起，頃刻柔和的金光渲染了清晨的天空，我闔上雙眼，讓陽光照射在我的臉上，唇角彎起一抹滿足的笑。

「卡!」導演喊道：「太棒了，可以收工了!」

「辛苦了。」我緩緩睜開眼，向工作人員鞠躬道謝，並用雙手環抱住自己取暖。

Bloom這一季的新系列命名爲「Tomorrow」，主要想傳遞的概念是「用最好的一面，迎接明天的到來」，彩妝走自然風，產品和以往一樣都選用天然成分，不含香精或是其它人工添加物。

其中一支宣傳短片的情境需要捕捉日出的瞬間，因此今早天還沒亮，整個團隊就來到陽明山上準備拍攝。清晨的山上溫度偏低，剛才投入拍攝還沒有感覺，拍攝結束後，我頓時冷得全身發抖。

下一秒，一件溫暖的外套披在我肩上。

「穿好，別感冒了。」Vivi將手中的保溫杯遞給我，「吶，喝點熱的東西。」

Vivi貼心的舉動，令我一陣感動，我不顧旁邊還有其他工作人員，大力抱住她，「有妳眞好。」

過去幾個月少了Vivi的陪伴，凡事都要自己來，讓我更加感謝她的付出。

「少肉麻了，妳好好工作就對了，別再讓我操心！」Vivi假裝不領情，但她總是口是心非，我更加重了擁抱的力道，Vivi無奈地笑了聲：「幸好妳回來了，要我再繼續帶那個小鬼，我眞的快要高血壓了。」

「我不會再讓妳去帶那個小鬼的。」我半是撒嬌地說。

Vivi笑著勾住我的肩膀，與我一同走回休息區。

我的生活終於要回到正軌了。

✦

隨著Bloom廣告上檔，我也正式回歸螢光幕前。

有了「Bloom女郎」的頭銜加持，廣告和戲劇邀約接二連三找上門，工作量一夕之間暴增，讓我有些不太習慣。

由於工作忙碌，我下學期的到校次數不如上學期頻繁，幸好這學期都是選修課，只要作業和期末報告有交，基本上可以低分過關。

趁著行程比較空閒的一天，我來到許久沒有踏入的吉他社。

走進社辦，便見任尚衡和王可悅各自彈奏著吉他，正在練習對唱。仔細一聽，他們唱的正是之前我聽任尚衡在社辦唱過的那首〈Best Part〉。

一注意到我，王可悅立刻停下撥弦的動作，向我揮手，「卓琳！」

「嗨。」我揚起笑回應，朝他們走去。

「好久沒看到妳了！」王可悅起身抱住我，眼淚汪汪道：「我還以爲妳受不了社長，決定退社了。」

一旁的任尚衡默默翻了個白眼，這個舉動讓我不禁噗哧一笑。

「不好意思，最近工作有點忙，比較少來學校。」我好奇問：「你們剛才在練習〈Best Part〉嗎？」

「對啊。」王可悅興奮地說，「我們下禮拜六要在校慶上表演這首歌！」

我驚訝地看向任尚衡，「你決定要上臺表演了？」

「嗯。」任尚衡點頭，「就像妳們說的，畢業之後，我可能不會再有這樣的舞臺，就當作是留下一個回憶吧。」

「太好了。」我開心道：「我下禮拜六一定會去看你們表演！」

「耶！妳要來的話，我一定要更認眞練習才行！」王可悅轉身回到位子上繼續練習。

我拿出手機走到角落，正準備傳訊息給Vivi，請她下禮拜六不要幫我安排工作，螢幕上恰巧跳出一則來自安導的訊息。

「決定好了嗎？」

看著訊息，我陷入了沉思。

先前由於我這邊遲遲無法給出準確的檔期，安導已經另外敲定了另一位女演員，接演他那部電視劇。不料三天前，安導突然聯絡我，表示投資方資金延誤，導致電視劇開拍時間得延後，原先敲定的女演員檔期搭不上，必須另尋他人，既然我正式復工了，他便想再一次詢問我的意願。

安導誠懇地跟我說，雖然遇上資金延誤這種事很糟，但某方面來說，他倒覺得這是命中注定，因爲我一直是他心目中的女主角最佳人選。

然而，我卻沒有立刻答應。

回歸演藝圈後，我目前只接了廣告和MV，期間雖然有幾個劇本找上門，但經歷了一連串的低潮與挫折後，我居然對重回螢光幕前感到害怕和猶豫，也對自己的演技和實力產生質疑。

在許多人眼中，我是靠著梅姊才能走到今天這個位置，沒有了她，我眞的能夠繼續在這個圈子裡生存嗎？安導說這個角色對我會是一個挑戰，我眞的能夠詮釋好這個角色嗎？

安導當時要我最晚三天後一定要回覆他，也就是今天，我卻還是沒能做下決定。

「妳在想什麼？怎麼看起來一副痴呆的樣子？」倏地，任尚衡的聲音在我耳邊響起。

我回過神，瞥見王可悅正在收拾東西，他們兩人似乎已經結束練習。

「沒事，只是在想事情。」

「工作上遇到麻煩？」他挑了挑眉，「妳的表情看起來有點……憂鬱。」

「是嗎？」我扯了扯嘴角，斂下眼，「最近有個導演想找我拍戲，我不知道該不該答應。這是個很好的機會，但我對自己的演技越來越沒自信，有些時候，我甚至不知道自己是怎麼在這一行走到今天的……」

是靠實力？運氣？還是梅姊？我越來越迷茫了。

嘆了口氣，再次抬起頭，只見任尚衡蹙眉瞅著我看，像是我講出了什麼愚蠢至極的話。

「妳知道讓我決定在校慶上演出的真正原因是什麼嗎？」

我眨了眨眼，搖頭。

「那天妳聽我唱〈Yesterday〉聽到哭，其實我嚇到了，那是第一次有人聽我唱歌聽到哭。之前比賽的時候，我過於專注在技巧上，反而導致歌聲缺乏情感，沒辦法打動人心。可是那天看到妳哭時，我不禁心想……如果我的歌聲能夠帶給一個人這麼深的感觸，也許我唱得沒有我想像中那麼差吧？」他淡淡一笑，「那天之後，我好像慢慢找回最初的熱忱，就像妳說的，我想再給自己一次機會，也許還不到完全放棄夢想的那一天。」

我有些詫異，完全沒想到自己那天的反應，居然間接鼓勵了任尚衡再次追求一度被他放下的夢想。

「聽你這麼說，我很高興。你眞的很有天賦。」

「去年《好想你》上映時，王可悅硬拖著我陪她去看。我本來非常不喜歡愛情文藝片，總覺得這類電影的劇情都很不切實際。」他避開我的視線，神情彆扭，「可是那天我卻在電影院裡哭了，那是我第一次看一部電影看到哭，妳的演技很自然深刻，每一個動作、眼神、笑容，都牽引著在場所有觀眾進入妳的角色。」

我愣了愣，隨即回想起剛加入吉他社時，王可悅曾經提到任尙衡否認他看《好想你》時有哭，難道他現在是爲了要鼓勵我，所以不再顧及自己的形象，主動提起這件事？

「總之，妳能走到今天，是因爲妳很有天份，也很有實力。」任尙衡再次看向我，語氣誠懇，「我不知道發生了什麼事讓妳這樣懷疑自己，但是如果我願意再次相信我的歌聲可以打動人，我希望妳也可以不要懷疑妳的實力，不論是什麼樣的角色，我相信妳都能詮釋得很好。」

我心中一陣感動，眼眶也跟著一熱，「你還只是個大學生，怎麼講話這麼老成？」

「可能是受到某人的影響吧？」他開玩笑。

「謝謝你，任尙衡……」

我想，我知道該如何回覆安導了。

校慶當天，Vivi沒有爲我安排任何工作，我有一整天的空檔。

這是我第一次參加校慶，特別提早出門，想著趁任尙衡和王可悅上臺表演前，還有時間逛逛攤位，或欣賞其他演出。

剛踏出家門，對面的大門同時被人推開。

期末考結束後，我就再也沒有看過官燁，不知不覺過了快兩個月。

如今他就站在離我幾步遠的地方，我才猛然意識到，原來我這麼想念他。

我們安靜地互望片刻，最後他先打破沉默，「最近還好嗎？」

久違地聽見他富有磁性的嗓音，我的心湖彷彿被投進了一顆石子，激起了一圈圈漣漪。

「嗯。」我點頭，「工作量變多，最近比較忙。」

官燁緩緩走近，我嗅聞到他身上好聞的香味。

他嘴角彎起淺淡的弧度，輕聲說道：「恭喜妳成爲代言人。」

「謝謝。」我微笑回應，埋藏在我心裡的疑問也再次湧現，我抿了抿脣，小心翼翼地問：「你早就知道我會成爲代言人？」

所以當時他才能如此肯定地說出那些話？

官燁遲疑了半秒才承認，「知道。」

是因爲你，我才會成爲Bloom的代言人嗎？

這是我想問他的下一個問題，卻問不出口，欲言又止。

「妳本來就在人選名單上。」他敏銳地看穿我的心思，「妳的形象和氣質都很符合新系列的概念，Bloom也是這麼認爲，才會選擇妳。」

眞的嗎？

即便他這麼說，我還是半信半疑。

電梯門在這時開啓，官燁邁開步伐走進去，我跟隨在後。

「你要去哪？」我問。

「學校。」

「你也要參加校慶嗎？」聽見我們的目的地相同，我有些驚訝，也難掩喜悅，「我朋友要上臺表演，我打算去捧場，也順便四處逛逛，我從來沒有參加過這種大型學校活動。」

他點頭表示明白，「我是要去學校拿些東西。」

隨著電梯門打開，我們一同走出大樓，往學校的方向走去。

一路上，官燁似乎刻意放慢腳步，配合我的步伐。這一刻，我眞希望時間過得再慢一些，我是如此貪戀能和他共處的時光，即使只有多幾秒鐘也好。

「你這學期請休假嗎？」

開學後，我聽聞官燁這學期休假的消息，幾次經過他的研究室都是大門緊閉，不像以前時常擠滿來訪的學生。

「嗯，我爸媽希望我回家裡的公司工作，至於之後會不會回學校，我還沒想好，但機率應該不高。」他平淡道。

我瞠大眼，既錯愕又驚訝，「你不當老師了？」

「本來我爸媽有意栽培我哥繼承家業，他走了之後，這個責任自然落在我身上。」官燁語氣沒有太大的起伏，像是早已接受事實，「我大學念的是企業管理，當老師只是我自己想做的事，本來就不是長遠的計畫，現在時間到了，我不可能逃一輩子。」

他若有似無地看向我，彷彿還有話沒說出口。

「原來是這樣……」我垂下眼，避開他的視線。

聽見他不打算繼續從事教職，我胸口頓時像被什麼東西壓住，悶得我有些透不過氣。儘管早就知道官燁家世不凡，但他即將回到那個我難以觸及的世界，我感覺自己離他又更遠了。

前方的交通號誌已經由綠燈轉爲紅燈，我卻心不在焉，繼續往前邁步。

「小心！」

忽然，一股力道拉住我的手腕，我還來不及反應，就順勢跌進一個溫暖的懷抱，鼻間盡是官煒身上那好聞的味道。我動也不敢動，腦袋一片空白。

幾秒鐘過去，官煒沒有鬆開我，也許是錯覺，他好像加重了擁抱的力道，將我緊緊摟在懷裡。我的心臟如同脫韁野馬，霎時失控地瘋狂跳動。

「妳走路都習慣不看路？」半晌，官煒的聲音在我耳邊響起，語氣不是斥責，而是擔心。

他鬆開我，身體一得到自由，我連忙後退一步，垂首用頭髮掩蓋住我發燙的臉頰，「對不起，我剛才想事情分心了，沒有注意……」

官煒無奈地嘆了口氣，「以後小心點。」

綠燈亮起，我們穿越馬路，走進校門。今日的校園人山人海，椰林大道上布滿了各式各樣的攤位，洋溢著熱鬧歡樂的氛圍。

官煒似乎對眼前的景象感到新奇。

「你來盛宇這幾年，從來沒參加過校慶？」我問。

「沒有，我不太喜歡人多的地方。」他搖頭，「不過看起來滿有趣的。」

「要一起逛嗎？」邀約很自然地從我嘴巴裡脫口而出。

「好。」而官煒居然答應了。

沿路我好奇地探看那些琳瑯滿目的攤位，其中一攤賣土耳其冰淇淋的攤位吸引了我的目光。

外國人老闆笑著將冰淇淋甜筒放到一個小男孩面前，當小男孩伸手要拿時，冰淇淋卻瞬間被老闆用鐵棒黏走，小男孩手裡只留下空的餅乾筒。

目睹這一幕，我忍不住輕笑出聲。

像是注意到我的反應，官燁低聲問了句：「想吃？」

「想，可是不能吃。」我嘆了口氣，「最近剛接了一部電視劇，下個月要開拍，經紀人要我注意飲食，不能發胖。」

官燁沒說什麼，逕自朝攤位走去，向老闆點了一個冰淇淋。

見狀，我不禁感到訝異，原來官燁喜歡吃甜食？同時，我也有點期待等一下他被老闆捉弄的畫面。然而官燁卻一眼識破老闆的招數，一次就成功拿到冰淇淋，連老闆都露出詫異的表情。

我正想稱讚他，他卻將手裡的冰淇淋遞給我，「妳已經很瘦了，不要對自己太嚴苛。」

我沒有想到他竟然是買給我的，一時之間驚訝得說不出話來，而後莫名感到害臊，耳根子一熱，「我、我又不是小孩子，你不用買甜點給我。」

「不要？」他挑眉，作勢要收回手，「不要的話我就丟掉了，我不吃甜的。」

「我要！」我連忙伸手拿過他手中的甜筒，「謝謝你。」

我低頭吃了一口冰淇淋，濃郁的奶香味在舌尖擴散，心裡泛起幾絲甜蜜，嘴角忍不住上揚。

下一秒，我注意到官燁正瞅著我看，脣角淺淺勾起，我的心爲此漏跳了一拍。

在這一刻，我忽然覺得自己與他之間的距離彷彿消失了。我們並肩走在一起，不去在意旁人的眼光、不去想我們不適合的原因，眼中只有彼此。

好希望能有什麼魔法，讓時間得以暫停在這一刻。

「妳不是說妳朋友要表演？」官燁眼睛轉向前方廣場上的舞臺，「什麼時候？」

「好像快了。」我看了一眼手錶，「要一起過去看嗎？」

他點頭答應。

快速將冰淇淋吃完，我們朝廣場走去，臺下已擠滿人潮，我們花了一點功夫才擠到前排。

「下一組表演，歡迎吉他社的任尙衡，還有王可悅！」主持人透過麥克風喊道。

只見任尙衡和王可悅各自拿著吉他從後臺走出，王可悅看起來很興奮，一出場便向觀眾熱情揮手，相較之下，任尙衡顯得神態有些緊繃，他不經意地往臺下一看，視線不偏不倚對上我的目光，眼中閃過驚訝。

我連忙對他比了一個加油的手勢，並用脣語說道：「加油。」

任尙衡似乎放鬆了些，臉上露出笑容。

兩人在椅子上坐定後，很快開始他們的演出，所有人頓時沉醉在動人的歌聲與輕快的旋律下。

我忍不住側頭看向一旁專注欣賞表演的官燁。

對我而言，他就像這首歌的歌詞所描寫的一樣，是雨後的溫暖太陽、是荒蕪沙漠中的甘露、是夜幕中璀璨的星光。

如果我的人生是一場電影，那麼他來到我的世界那一刻，就是電影中最美好的橋段。

官燁，你知道嗎？

我喜歡你。

我……可以喜歡你嗎？

像是聽見我無聲的告白，官燁緩緩轉過頭，與我四目相交，他彷彿看透我內心所想，眼裡逐漸泛起波光，我卻解讀不了他這樣的眼神意味著什麼。

我們就這樣互相看著對方，誰也沒有說話。

表演結束後，四周的掌聲和歡呼聲震耳欲聾。我重新看向舞臺，跟著大家一起大力拍手。

任尚衡笑著向臺下觀眾鞠躬，我知道他找回了最初那股喜歡唱歌、喜歡表演的熱忱，在不久的將來，任尚衡可能會是樂壇裡耀眼的新星，也許比申宇天還更加耀眼。

這不是他的最後一個舞臺，這只是開始。

三月底，Bloom的Tomorrow系列彩妝正式上市。

產品發表會上，我身爲代言人必然是焦點之一，除了盛裝出席、展現代言人的架勢外，我也需要詳細介紹每一樣產品以及它們的特點和使用方式。

在發表會上，官燁與他的父母親一同出席，成爲媒體捕捉的焦點。

他身穿一襲剪裁合身的黑色西裝，散發出一股沉穩的貴氣。卸下教職後，他身上溫文儒雅的書香氣息淡了些，取而代之的是商界人士的精明幹練。

整場發表會官燁始終保持禮貌的微笑，但當相機的閃光燈毫不留情地拍打在他臉上時，他眉宇間偶爾會流露出一絲不自在，看得出他還在適應公眾的關注。

這是我第一次見到官燁的父親——Bloom集團總裁，官陽。

身爲亞洲前三大彩妝集團的領導人，官陽卻低調至極，公開露面的次數屈指可數，這次難得全家一同現身旗下新品發表會，也難怪現場會聚集那麼多媒體了。

只是當他們三人站在臺上時，我卻隱約感覺到他們一家的互動有些生疏。

發表會順利落幕後，眾人便前往旁邊的悅豐酒店參與慶功派對，慶祝新產品順利上市。相較於先前的慈善晚宴，這次的慶祝派對明顯盛大奢華許多，會場布置精緻華美，熠熠生輝，長桌上擺滿了各式各樣的點心和頂級香檳。

今晚受邀的人士都是大企業家或是明星藝人，之中難免遇到熟面孔。身爲新產品代言人，整晚接連有人與我主動攀談，連一些以往沒有交集的前輩藝人也都笑著向我問好，讓我受寵若驚。

官燁同樣整晚被人群包圍，大家都對這位傳聞中的Bloom集團繼承人感到好奇。

從新品發表會到現在的慶祝派對，我和官燁一句話都沒有說上，明明身處在同一個空間，卻好像永遠不會有交集的那一刻。

在結束和一名前輩藝人的對話後，我終於有了喘口氣的時間，肚子也不爭氣地發出飢餓的哀鳴，爲了保持身材，上鏡好看，我一整天什麼都沒有吃。

走向擺著點心的長桌，正要拿起盤子盛裝食物時，一個中年男人走到我旁邊。

「哇，這不是今晚美麗的主角嗎？」說話的是許久不見的陳總，他雙頰泛紅，應該是喝多了。

「陳總，好久不見。」我表面上掛著笑容，卻不由得想起上次在餐廳見到陳總的情景，那是申宇天初次意識到了我們之間的差距。

「妳知道我爸跟陳叔叔是每個週末都會一起打高爾夫球的關係嗎？妳媽是陳叔叔家的幫傭，我爸怎麼可能會讓我跟幫傭的女兒交往？」

「沒想到妳這麼年輕就爬到這個位置了，眞了不起。」陳總讚道，並上前作勢要擁抱我。

我沒有推拒，我以爲陳總的舉動是出自於一個認識多年的長輩對後輩的關懷，但幾秒鐘過去，他卻沒有鬆開我，粗糙的手掌開始不安分地在我腰間遊走。

「第一次見到妳的時候，妳好像才國中吧？妳媽繳不出房租被房東趕出來，苦苦哀求我讓妳們母女倆借住幾天，那時我就覺得妳跟妳媽長得眞像，都是美人。」他將脣貼到我的耳邊，濃厚的酒味和溼熱的氣息讓我感到渾身不舒服。

我想要掙脫，他卻抱得更緊，使我動彈不得。

「妳都不知道，當申醫師得知他的寶貝兒子在跟我家幫傭的女兒交往時，表情有多難看。」陳總輕蔑一笑，「當初妳媽要是聰明一點，就該跟著我，就算沒有名份，我至少能讓妳們母女不愁吃穿，何必過那種被人瞧不起的苦日子。」

我用盡全身的力氣推開他，冷冷說道：「陳總，請你自重。還有，我和我媽寧可一輩子過著被人瞧不起的苦日子，也不可能做賤自己跟著你這種人。」

「妳！」陳總被我的話激怒，臉色脹紅，卻又意識到自己身在公眾場合，硬是嚥下怒火。「說得好聽，妳不就是跟官總上床，才會拿到這個代言嗎？裝什麼清高。」

「你在說什麼？」我皺起眉頭。

「少裝傻了。Bloom一向只用名模當代言人，這是圈內眾所皆知的事，妳突然空降成爲代言人，靠的不就是官總嗎？」陳總語氣充滿鄙夷，「官總早年失去一個兒子，剩下的另一個兒子雖然是天才，卻對企業經營不感興趣。他老婆年紀大了，難道他是想找個年輕漂亮的女人再幫他生個兒子？」

我彷彿被人當頭重重一擊，又是驚訝又是錯愕，完全無法思考，也無法反駁。

「妳本來就在人選名單上。妳的形象和氣質都很符合新系列的概念，Bloom也是這麼認爲，才會選擇妳。」

我茫然四顧，視線落在宴會廳那道高䠷的身影上，握緊的雙手微微顫抖。

官燁，你爲什麼要騙我？

接下來的時間，陳總那番話不停在我腦海中重複播放。

而遠處的官燁嘴角依舊掛著得體的微笑，從容地與身邊的企業家們說笑，看著這一幕，我內心五味雜陳。

隨著派對進入尾聲，官燁身邊的人群也終於散去。

我看見他朝宴會廳的門口走，連忙跟上前，想要單獨找他問清楚。然而，他走得很快，像是急迫地想要遠離這個地方。

眼看他拐過前方走廊的轉角，我不禁加快步伐，正要出聲叫住他時，一名剛從廁所裡走出來的男子先一步詫異地喊道：「官燁！」

見狀，我連忙退回轉角處，不想被對方發現我。

「王經理，您好。」官燁停下腳步。

「哇，上次看到你應該是你去美國留學前吧？時間過得眞快。」男子爽朗笑道：「恭喜，這次的產品發表會很成功，銷售量應該能創下歷年新高吧！」

「謝謝王經理。」官燁禮貌地笑了笑。

「這次的代言人……韓卓琳，聽說是你推薦的？」男子好奇問：「聽林總監說，他們本來想選的是一位知名模特兒，是你特別向官總要求改選韓卓琳的？」

聽見這個問題，我不由得屛住呼吸，等待官燁的回答。

「是的。」

「韓卓琳是你的朋友？還是？」男子開玩笑道：「聽說你爲了她，終於答應官總回到集團學習，我認識官總這麼多年，他最大的煩惱就是你對接班不感興趣，早知道你會爲了這個女孩改變心意，官總肯定幾年前就用她當代言人了。」

聞言，我的心猛然一顫。官燁爲了讓我成爲代言人，與家裡做出這樣的條件交換？他不當老師，是因爲我？

「好好加油！」男子拍拍他的肩膀，「你天生頭腦就好，學習能力過人，相信你很快就能上手。」

兩人之後的對話，我一個字都沒有聽進去。

待走廊再次恢復寧靜，我從轉角走出來，見官燁正要推開通往天臺的門，我出聲喊住他：「官燁。」

他頓了幾秒才緩緩回過頭，不發一語。

「我會成爲代言人，是因爲你嗎？」我開門見山問：「你說我本來就在名單上，是騙人的吧？」

他沒有回答，然而他的沉默已經回答了一切。

「爲什麼要幫我？」

「沒有爲什麼。」他語氣平淡，態度比平時更加疏離。

見他如此，我不由得想起陳總那番嘲諷的言詞，一股怒火驀地湧上，理智線瞬間斷裂。

「你覺得我很可憐嗎？可憐到需要你幫我成爲Bloom的代言人？」我惱羞成怒，接二連三地拋出質問，激動得幾乎控制不住音量上揚，「我看起來有這麼需要你的施捨？你憑什麼同情我？因爲你有錢？你到底把我當成什麼！」

話一說完，我喘了幾口氣，過了幾秒才意識到剛剛自己說了些什麼。

糟糕。

我後悔了，忐忑地迎上官燁的視線，他似乎被我激怒，臉部肌肉微微一抽。

「妳想知道我爲什麼要幫妳？」他的嗓音帶著明顯的惱怒。

他永遠都是那麼冷靜沉穩，我從來沒看過這樣的他，我眞的惹他生氣了。

「對不起……官燁，我——」我正想爲剛才的失言道歉，他已快步朝我走來，我還來不及反應，他便伸手捧住我的臉，俯身吻上我的脣。

我瞠大眼，腦中頓時一片空白，手反射性地抵上他的胸膛，他卻一把摟住我的腰，將我緊緊扣在懷中，不讓我逃。這個吻帶著不容許我拒絕的霸道，他卸下了溫文儒雅的表相，壓抑在內心深處的諸多複雜情感，終於在這一刻找到出口。

幾秒過去，我心中的震驚逐漸消散，本能地開始回應他的吻。我感覺到他輕輕一顫，像是對於我的反應感到意外，他緩緩停下動作，然後退開。

他望著我，那雙深如大海的眼眸清澈明亮，瞳孔中唯一倒映出的……是我。

「韓——」

我踮起腳尖，在他開口時，堵住他的脣。

這回換官燁眼裡閃過詫異，但下一秒，他按住我的後腦勺，將主導權奪回，吮吻著我的脣瓣，溫柔的吻越來越激烈，我的雙手攀上他的頸肩，身軀緊貼著他，感受彼此劇烈起伏的胸膛，以及逐漸升高的體溫。

我們沉浸在只有彼此的世界，耳邊只剩下交纏的呼息與喧囂的心跳，完全忘了隨時可能有人經過。

過了不知道多久，我們鬆開對方，各自後退一步。

我雙頰燥熱，全身上下每寸肌膚都在發燙，心臟失序地快速跳動，彷彿就要跳出胸腔。我低下頭，害羞地不敢與他對視。

天啊，剛才到底發生什麼事了……

官燁側過身，一手摀上臉，我看不清楚他的表情，他似乎爲剛才的舉動感到懊惱與羞愧，低喃道：「對不起……」

我卻不理解他是爲了什麼道歉。

我深呼吸，竭力讓自己平靜下來，抬頭看向他，「你還是沒有回答我，你爲什麼要幫我？」

這次，他不再沉默。

「因爲我不想看到妳爲了這種事情，露出想要放棄這個世界的表情。」官燁迎上我的目光，語氣帶著不解與惋惜，「聽到妳說不想待在演藝圈時，我覺得很可惜，妳是一個那麼有天分的演員，爲什麼要這麼沒有自信？」

「每次看到妳掉眼淚，卻故作堅強，我就忍不住想要保護妳。我不喜歡看妳被別人欺負，更討厭妳被欺負時忍氣吞聲。」說到這裡，他像是一陣怒氣湧上，就像那天他看到孫娜娜找我麻煩時的反應一樣。「韓卓琳，妳爲什麼都不會幫自己辯解？」

明明他說的是責備的話，我卻感覺心頭一陣溫暖。

「爲了妳，不管是改變成績的計算方式，甚至是回來接手我不感興趣的家族事業，我都覺得無所謂，只要妳能開心、找回自信，這就夠了。」官燁眉宇間流露出一絲煩躁與不知所措，「我從來沒有過這種心情，但我能肯定那絕對不是同情，可我也不知道那是什麼。」

這樣還不夠明顯嗎？他講了這麼多，只差沒講出最關鍵的那句話了。

「官燁……」我的聲音帶著顫抖，「你喜歡我嗎？」

官燁一怔，彷彿在這一刻才終於明白了自己的心情。然而，他沒有立刻回答我，眼神逐漸變得複雜難懂，像承載了千萬句說不出口的話。

過了良久，他緩緩啓脣，表情轉爲無奈苦澀，「韓卓琳，我們來自兩個完全不同的世界……」

他的語氣是如此輕柔，但他開口的那一瞬間，我卻感覺有什麼緊緊掐住了心臟，預告著接下來的心碎。

「我不能喜歡妳。」

Chapter 7

四月初，安導執導的電視劇《最後九十天》正式開拍，劇本圍繞著擁有預知夢能力的知名女作家和重案組刑警展開。

雖然開拍時間延後，安導卻認爲這不啻爲因禍得福，因爲不僅女主角換成我，男主角也換成了影帝周少良。

周少良是演藝圈著名的不老男神，年過三十五，但外表看起來就像二十多歲的年輕人，除了散發出成熟男人的氣息外，他的面貌和十年前拍偶像劇時幾乎沒有差異。

我看著周少良演出的電視劇長大，他是每個少女的夢中情人，這次居然有機會能和這樣的大前輩合作，我既興奮又緊張。消息一曝光，這波演員陣容也在網路上掀起熱烈的討論。

《最後九十天》正式開拍後，我的行程幾乎沒有空檔。

由於周少良檔期很滿，安導必須在三個月內完成拍攝，因此每場戲都必須精確快速地完成，再加上安導對於每處小細節都非常講究，女主角的性格和我以往演過的角色相比也更難揣摩，所以一有空閒，我就會拿著劇本反覆研讀練習，一秒也不敢鬆懈。

這樣也好，讓工作將我淹沒，就沒有多餘的心思去想其他事情。

例如，我和官煒永遠不可能在一起。

攝影機正在拍攝，全場一片安靜。

「你覺得我殺了我的父母？」我扯開脣角，冷冷一笑，「你破不了的案子，只能用這種方式來結案？推給一個當時才十五歲、喪失雙親的孤兒？」

「不然妳告訴我，這一切該怎麼解釋？」周少良激動地抓住我的手腕，「當年在出事現場，妳看著妳父母的遺體卻完全沒有半點難過的樣子，而且目擊者表示，事發前妳堅持不肯坐上那輛車，彷彿早就知道那輛車煞車有問題。這難道是巧合？」

「如果我說，那是因爲我看得到未來，你相信嗎？」我似笑非笑地瞇起眼，「就像我知道，在未來九十天內，你會愛上我，但是那個時候，我將不在這個世界上了。你信不信？」

周少良震驚得連一句話也說不出來。

過了幾秒，安導從導演椅上起身，拍手道：「卡！卓琳，這次妳的表情終於到位了，很好！我們休息一下，待會再繼續。」

聽安導這麼說，我如釋重負地鬆了一口氣，隨即看向周少良，「抱歉，少良哥，這場戲拍了五次才過，眞不好意思。」

「五次算什麼，我還拍過五十次的呢。」他忍不住笑出聲，安慰地拍拍我的肩，「妳的角色本來就很有挑戰性，別給自己太大壓力，我看妳都沒怎麼休息。」

「謝謝少良哥。」我感激地點點頭。

回到休息區後，我決定別再把自己逼那麼緊，於是戴上耳機，打開手機裡的音樂播放應用程式，然而耳邊響起的熟悉吉他旋律，卻讓我想起了校慶那天，我和官燁一起漫步校園、並肩欣賞音樂表演的情景。

「我不能喜歡妳。」

那天過後，官燁這句話始終在我心中揮之不去，它像一根羽毛，輕飄飄落下，卻在拂過心口時，瞬間化爲利刃，在上頭劃下一道淌血的傷口。

前一刻，我們還緊緊擁抱著對方，感受彼此劇烈的心跳，我知道這一切不是我的一廂情願。

下一秒，我們卻各自退回了界線的兩端，中間多了一面透明的牆，誰都無法再靠近任何一步。

「韓卓琳，我們來自兩個完全不同的世界……」

最終，我們還是輸給了現實。

✦

由於電視劇的拍攝還在進行，也還要忙於其他工作，這學期的最後兩個月我幾乎沒去學校，幸好選修的那幾門課只要期末報告準時繳交，就可以低分過關，所以我還是順利拿到了畢業學分。

鳳凰花開的季節，紅豔的花朵為夏季增添了燦爛的色彩與特別的情懷。

畢業典禮這天，我第一次向劇組請了假。

安導和少良哥得知我先前必須兼顧學校課業時，兩人都很驚訝。

「抱歉啊，我不知道妳同時還要念書，把妳操得這麼慘。」安導開玩笑說。

「乾脆我們那天一起去參加妳的畢業典禮，為妳祝賀，妳說怎麼樣？」少良哥提議。

「少良哥，你如果來的話一定會引起大騷動，我看還是不要吧。」我笑著婉拒。

畢業典禮當天，我穿著學士服走上臺，系主任將學士帽上的帽穗從右邊撥到左邊，並授予我花了六年拿才到的大學畢業證書。原本我以為自己會很激動，但真正拿到證書的那一刻，心情卻意外平靜。

典禮結束後，所有的畢業生都聚集在大禮堂外的廣場上，興奮地與家人朋友合照，為重要的一天留下永久的紀念。校園裡人聲鼎沸，歡樂的笑聲中交織著淡淡的不捨與感傷。

「卓琳！」陳思吟手中抱著幾束花，朝我跑來，「跟我拍張照吧！」

「好啊。」我微笑點頭。

陳思吟將手機丟給身後的親友團，並勾住我的手臂，對鏡頭比了一個YA。

「三、二、一……」陳思吟的爸爸舉著手機爲我們拍照。

拍完照後，陳思吟淚眼汪汪地看著我，「好難過喔，畢業之後就看不到妳了！」

「不會啦。」我輕拍她的肩膀，安慰道：「妳有我的手機號碼，隨時都可以聯絡我。」

「妳現在已經很紅了，但以後要是哪天妳變成了國際巨星，也不准忘記我喔，知道嗎？」陳思吟故作正經地警告我。

「當然。」我笑著點頭，「我能夠順利畢業，一半是妳的功勞。」

陸續還有幾名班上的熟面孔跑來找我合照，我也全都答應了。

待身邊的人群散去，我獨自走向湖畔，坐在長椅上，抬頭仰望蔚藍的天空，低喃道：「媽，我畢業了。雖然花了六年多的時間，但是我終於擁有大學學歷了，妳不用再擔心我會被人看不起。」

我闔上眼，腦海中浮現出媽媽慈愛的笑顏。

我好想妳，媽媽……如果妳能在這裡就好了。

「韓卓琳。」

忽然，耳邊傳來那道低沉好聽的嗓音。

我立刻睜眼回頭望去，站在我身後幾公尺的，是我過去兩個月努力不去想，卻每晚讓我魂牽夢縈的人。

他靜靜地望著我，手裡捧著一束鮮花，宛如電影中的男主角，正準備迎接他的女主角。

「官燁……」我訝異茫然地問：「你怎麼會在這裡？」

剛才典禮時，我時不時往教師席看去，直到結束前都沒看見官燁的身影。

他沒有回答我的問題，只是朝我走來，將手中的花束遞給我，輕聲道：「恭喜妳畢業了。」

「謝謝。」我接下他的花，有點反應不過來。

他應該不是特別爲了我來的吧？

今天大部分的畢業生都有親友團陪同，每個人懷裡都抱著好幾束花，而我一個親友也沒有，原本Vivi要過來，偏偏前天她爸爸身體突然出狀況，她臨時得回南部一趟。

看著手裡的花束，內心一陣感動，我眼眶一熱。

這麼重要的日子裡，我不是一個人……

「妳媽媽在天上一定會爲妳感到驕傲的。」官燁看著我，眼裡流淌著溫柔。

迎上他的雙眼，那天的吻、那時他複雜的眼神，以及那些讓我心痛難忍的話語，再次浮上心頭。過去兩個月被我努力壓抑的情感，頓時猶如洶湧的浪潮，一遍又一遍拍打我的心，怎麼也無法平息。

我咬住下脣，垂在腿邊的手抓緊學士服的袍角，幾乎得用盡全身的力氣，才勉強克制住自己不上前擁抱他。

注意到官燁消瘦的臉龐和眉宇間明顯的疲憊，我不由得脫口而出：「你最近沒睡好嗎？」

「這兩個月我都在美國的分公司受訓，昨晚才剛下飛機，時差還沒調整過來。」

原來如此，難怪過去兩個月，他家總是大門深鎖，沒有半點動靜，彷彿無人居住。

我抿了抿脣，猶豫半晌，還是開口問：「你……還會回美國嗎？」

他遲疑了半秒，低聲答道：「下禮拜就會回去。」

去多久？會回來嗎？我們還會再見面嗎？

看著官燁，我心裡有好多疑問，但喉嚨像被什麼卡住似的，一個字也問不出口。

我明白，如果我繼續這樣下去，永遠不可能放下他。

我垂下眼，甩去不該有的念頭，起身對他一笑：「要一起拍照嗎？不拍張照片，好像太對不起這麼漂亮的一束花。」

其實，我是想要留下一張我和官燁的合照。

「好。」他微笑點頭。

我拿出手機，走向一旁看起來像是在等人的婦人，禮貌問道：「不好意思，可以麻煩幫我們拍張照嗎？」

「好，沒問題。」婦人爽快應允，接過我的手機。

走回官燁身旁，我鼓起勇氣主動勾住他的手臂，將頭微微倚向他。

我希望至少在這張照片裡，我們之間的距離是不存在的。

我感覺到官燁的身子輕輕一顫，卻沒有抗拒。

「三、二、一……照嘍！」婦人說道。

我發自內心露出笑容。

「小姐，妳看一下拍得行不行。」拍完照後，婦人笑著要將手機還給我，我卻僵在原地不動，我總覺得一鬆開官燁，就代表我們之間的關係正式畫下句點。

今天過後，我們還有再見面的理由嗎？

還是會像兩條平行線，永遠不會有交集的一天？

「小姐？」見我遲遲沒有反應，婦人又喚了一次。

我回過神，鬆開挽著官燁的手，上前拿回手機，向婦人道謝，「謝謝妳。」

點開照片一看，照片中的官燁笑得比平時更開朗一些。

「明明笑起來這麼好看，爲什麼平時不多笑一點……」我忍不住小聲嘀咕。

然而，當我再次迎上官燁的視線，他嘴角的笑容卻多了苦澀。

這時湖邊刮起一陣風，鮮紅的鳳凰花隨風起舞，美麗的畫面中帶著些許感傷，暗示了我們的離別。

「官——」我正要出聲喚他，身後卻有人大叫我的名字。

「韓卓琳！」

回頭一看，只見安導、少良哥、Vivi，還有許多劇組的工作人員笑嘻嘻地站在眼前，手裡各拿著鮮花、氣球和小型看板，正開心地向我揮手。

「你們怎麼會在這裡？」我驚訝地睜大眼。

「Surprise！」少良哥笑著走過來，「這麼重要的日子，我們當然要過來爲妳祝賀。妳說怕引起騷動，所以我們決定典禮結束後再來，希望妳不會介意。」

「而且我把攝影師也帶來了，準備幫妳拍一系列美麗的畢業照！」安導上前攬住我的肩膀，「走，告訴我妳想去哪個景點拍，別客氣！」

「謝謝你們，安導，還有大家……」一想到他們爲了我如此勞師動眾，我很不好意思，心中盈滿溫暖與感動。

劇組的人團團將我包圍，興奮地拉著我要去拍照。臨走前，我回頭看向官燁，卻發現他早已趁我不注意時走遠了。

望著他逐漸遠去的背影，我感覺胸口揪緊，一顆心彷彿沉入谷底。

這就是再見了嗎？

✦

原本我以爲可以很瀟脫地放下官燁，但事實證明，我太高估自己了。

「韓卓琳，妳這幾天到底是怎麼回事？連最基本的臺詞都記不住，妳這個樣子也算演員？給我拿出妳的專業來！」

今天第十次忘詞後，安導終於按捺不住怒火，當眾對我破口大罵。

安導火爆的脾氣在圈子裡眾所皆知，不論是主要角色，還是客串配角，只要表現未能達到他的標準，他一概不會容忍，尤其最近拍攝進入尾聲，時間緊湊，安導的壓力也特別大，任何小細節出錯都足以讓他大發雷霆。

「對不起，安導，眞的很抱歉！」我連忙鞠躬道歉。

「再一次。」安導沒好氣道。

攝影機開始運轉，我深呼吸，在心裡警告自己不准再出錯。

這次我成功完成了拍攝，可是安導的心情還是很差，宣布休息後便點了一根菸往片場外走去。我很愧疚，懊惱自己不該頻頻出錯，忍不住嘆了口氣。

「卓琳，還好嗎？」少良哥走到我身邊，關心問：「生活上發生了什麼事嗎？」

「我沒事。」我搖頭，硬是擠出笑，「抱歉，少良哥，都是我拖累了進度。」

「別想太多，妳已經做得很好了。」他拍拍我的肩。

妳已經做得很好了。

少良哥的這句話卻又讓我再次想起官燁，心中又是一陣鬱悶。

回到休息室，我氣餒地趴在桌子上，完全提不起勁。

「妳還好吧？發生什麼事了？」

我抬起頭，迎上Vivi擔心的雙眼，「我沒——」

「別跟我說沒事。」她打斷我的話，拉開椅子坐下，「這次又愛上誰了？」

聞言，我嚇得瞪大眼，差點從椅子上跳起來。

「妳在說什麼？」

「別裝傻了。」Vivi搖頭，「我從妳還是一個高中小女生就認識妳，妳以爲妳可以瞞得過我？我不說不代表我不知道。上次妳這般失常，不就是妳跟申宇天交往的時候？」

「妳知道我跟他交往過？」我大驚。

「當初拍《好想你》時，每次拍攝空檔，你們兩個就鬼鬼祟祟搞失蹤，我就起了疑心，後來妳昏倒，聽說他拋下錄影直接衝來醫院看妳，我心裡就有底了。」Vivi挑了挑眉，「所以這次是誰？官燁？」

「妳怎麼知道？」我再次大驚。

我從來沒跟Vivi提過任何有關官燁的事，她是什麼時候學會讀心術的？

「還眞的是……」她白了我一眼，「之前在Bloom產品發表會上見到他，我就覺得他很眼熟，後來仔細一想，才發現他就是妳喝醉那天背著妳走在大街上的男人。還有，畢業典禮那天，我大老遠就看到你們站在湖邊說話，妳雖然是演員，但是妳的眼睛不會說謊，我看得出妳喜歡他，而他也喜歡妳。」

「可是我們不能在一起。」我苦笑，「我們是不同世界的人。」

Vivi皺起眉頭，似乎不懂我這句話的意思。

「妳知道申宇天跟我分手時，對我說了什麼嗎？」我扯出笑容，用著自嘲的語氣說：「妳是幫傭的女兒，我爸媽怎麼可能會接受妳？」

Vivi先是一愣，眼底隨即燃起怒火，低罵了聲：「渣男。」

我無奈笑了笑，「我身上有太多事要背負了，不管是我的家庭背景、我的身體情況……就算進了演藝圈、表面上看似光鮮亮麗，但那些東西會跟著我一輩子，他不能接受我可以理解。」

「妳知道梅姊當初把妳簽下來的時候，是怎麼形容妳的嗎？」Vivi眼神複雜，「未經琢磨的鑽石。」

這是我第一次聽到這件事。

「經過這麼多年的琢磨，妳什麼時候才會發現自己是鑽石，不再讓妳的家庭，還有過去定義妳是誰？」Vivi輕嘆了口氣，「韓卓琳，妳是我見過最認眞、最堅強、最耀眼的人，如果有誰看不出妳的優點，那是他們眼睛有問題，是他們配不上妳，不是因爲妳不夠好。」

「Vivi……」Vivi向來刀子嘴豆腐心，能從她口中聽見這些，我霎時感動得說不出話來。

「還有，雖然官燁跟申宇天同樣出身富裕，但我感覺得出他們是完全不同的人。」Vivi目不轉睛看著我，「妳確定他眞的介意妳的出身嗎？」

我一怔。

「韓卓琳，我們來自兩個完全不同的世界……」

這句話若不是指彼此家世背景的差異，那還能是什麼？

與Vivi聊過之後，我心情好多了，準備走回片場時，忽然有人從側邊撞上我的大腿，低頭一看，一名年約五歲的小男孩跌坐在地上，發出一聲稚嫩的哀號。

「弟弟，你沒事吧？」我連忙將他扶起，並蹲下幫他拍掉身上的塵土。仔細一看，他頭髮是褐色的，眼珠也是漂亮的琥珀色，立體的五官有著西方人的神韻。我放柔語氣問他：「你叫什麼名字？你是在找人嗎？」

「我叫周天育。」他點點頭，「我在找我爸爸。」

姓周？

「你爸爸是……」

「周少良。」

聽到他的回答，我心中閃過一絲驚訝。

我牽著周天育來到少良哥的休息室外，輕輕敲了敲門。

「請進。」

推開門，少良哥正在看劇本，還來不及出聲，小男孩便掙脫我的手，撲到他身上，「爸爸！」

少良哥將兒子抱入懷裡，神情驚訝，「天育？你怎麼會在這裡？不是約好晚上要去媽媽那邊接你的嗎？」

「我太想你了，所以一下飛機就拜託Vicky阿姨帶我來找你。」

這時我才想起去年曾震驚演藝圈的新聞，少良哥和混血名模Zoe結束了五年婚姻。

Zoe出生於香港，是身家百億的望族後代，當年與自小在育幼院長大的周少良交往時，被媒體喻爲如同偶像劇般的夢幻戀情。兩人離婚後，Zoe帶著兒子回香港定居，鮮少返臺。

我突然發現也許能體會我心情的人，其實一直都近在眼前。

「那Vicky呢？怎麼變成卓琳姊姊帶你來？」少良哥皺眉。

「Vicky很煩，我趁她去上廁所的時候跑走了，然後不小心撞到這位姊姊。」周天育有些心虛地解釋。

少良哥顯然拿寶貝兒子沒輒，他笑著揉揉周天育的頭髮，「爸爸馬上就要拍戲了，不能陪你，等一下你乖乖跟Vicky回家，爸爸晚上回去陪你，好嗎？」

「好吧。」周天育鼓起腮幫子，勉強點頭。

不久後，一名帶著香港口音的女子慌張地衝進少良哥的休息室，把周天育接走。離開前，周天育不忘向我揮手道別，模樣天眞可愛。

他們離開後，我小心翼翼地開口：「少良哥，可以問你一個比較私人的問題嗎？」

「當然。」他挑了挑眉。

「如果早就知道你和Zoe姊不會走到最後，你還會選擇跟她在一起嗎？」

少良哥先是一怔，接著微微一笑，「會。」

「爲什麼？」

「其實打從認識Zoe，我就知道我們是非常不一樣的人，但也許這就是所謂的正負吸引吧？我情不自禁愛上她，就算知道前方有許多阻礙，也還是想跟她在一起。如果時間重來，我還是會做出一樣的選擇。」他的語氣多了幾分苦澀，「雖然沒能白頭偕老，但那段日子是我這輩子最美好的時光。」

我能明白那種想和一個人一起走下去的心情。

「我很慶幸我們在一起過。要是當年我沒有跨出那一步，我不會知道自己錯過了什麼。」少良哥感概道：「愛情不就是這樣嗎？就算遍體鱗傷，我也不後悔，而且我們有了天育，這是上天最好的禮物。」

是啊，愛情不就是這樣嗎？

就算知道會遍體鱗傷，還是會選擇相愛一回。

反正我早已傷痕累累，再多一道傷疤，好像也無妨。

官燁，如果我願意跨出一步，你也願意嗎？

✦

《最後九十天》的拍攝進入最後一週，每天的工作行程都非常緊湊。

今天要拍攝的其中一場戲是女主角爲了救男主角而被車撞，倒在血泊之中。

安導爲了講求畫面逼眞，選擇眞人上陣拍攝，但也因爲有危險性，所以劇組決定使用替身演員，我只需要演出被撞之後的反應就好。

然而在開拍前兩個小時，我意外聽到安導和助理導演的對話。

「你說她沒辦法來？」安導皺眉，音量略微提高。

「嗯。」助導無奈地說，「她今天早上急性腸胃炎，人好像還在急診室。」

安導低聲咒罵，神情焦躁，「那怎麼辦？要是今天拍不了，這周絕對殺不了青。」

我忍不住上前詢問：「安導，發生什麼事了？」

「等一下車禍那場戲的替身得了急性腸胃炎，臨時找不到替補的人選。」安導煩躁地搔了搔頭，「現在改吊鋼絲也沒辦法，沒有設備……」

聞言，我思考片刻後說道：「不然我親自上場吧？」

「不行，太危險了。」安導想都沒想便否決我的提議。

「我可以的，而且有技術指導老師在，應該沒問題。」我努力想要說服安導，「我前幾天表現不好，拖累劇組的進度，如果能幫上忙，我眞的不介意冒險。」

安導面有難色，考慮半晌才勉爲其難同意，「我請技術指導跟妳說明一下動作，但只要妳有任何顧慮，絕對不要勉強。我寧可拍不完，也不要妳出什麼意外。」

「我知道。」我點頭。

由於是眞人上陣，動作必須在一個鏡頭裡完成，得事先確認好車體與我碰撞的位置，在拍攝時將車子停在預定的位置上，我再適時作出被撞飛的動作與表情。

「我覺得太危險了。」少良哥雙手環抱胸前，不贊成地看著我。

「別擔心，不會有問題的。」儘管心裡還是有點緊張，我仍笑著保證。

跟技術指導老師排練了數十次後，我抱著忐忑的心情上陣，並在內心祈禱這一場戲可以順利完成。

安導一聲令下，全場瞬間安靜。

車手演員開車朝少良哥駛來，踩下煞車，這時我從旁邊跑出來，用力推了少良哥一把，身體撞上車頭的瞬間，依照先前所練習的方式側身翻滾，接著墜落在劇組設好的安全軟墊上。

雖然這一切都經過事先設計，衝擊力道也在考量內，但要說我完全沒有感覺到疼痛是騙人的。

爲了捕捉不同的角度，這場戲反覆拍了將近十次，最後一次車手停車的時間似乎晚了幾秒，衝擊力道跟前幾次相比明顯強烈許多，我撞上擋風玻璃，隨後掉落在軟墊之外，右手在粗糙的柏油路上摩擦，我痛得眼前頓時閃過一片黑，過了一會才緩過來。

接下來是少良哥的戲份。他跪在地上抱著我放聲痛哭，而我必須演出意識恍惚、表情痛苦的樣子，這回無須發揮演技，我是眞的覺得頭昏腦脹，眼前所見景象都在旋轉。

「卡！」安導喊道：「很好，可以了！」

「妳沒事吧？」少良哥立刻問我，語氣充滿擔憂。

我眨了眨眼，點點頭，「嗯。」

然而，當我準備用右手撐著自己站起身時，卻驀地感到劇烈的疼痛，不由得停下動作。

見狀，少良哥小心地將我扶起，驚呼道：「天啊，妳的手。」

我低頭一看，右手掌上有一片觸目驚心的滲血傷口，衣袖因與地面磨擦而破損，右手臂上也有幾處擦傷。

「沒事，只是小傷。」我擠出笑容，不想讓大家擔心。

這時安導和劇組工作人員也紛紛圍過來察看，即使我反覆強調這只是小傷，安導依舊叫Vivi帶我去醫院清創與包紮。

來到片場附近的醫院，急診室的醫護人員替我處理傷口，先是仔細消毒，再用紗布和繃帶貼起來。

「妳是傻子嗎？我剛才看到妳受傷差點心臟病發，以後不准妳再冒這種險。」Vivi很不高興。

「知道了……我只是不想拖延拍攝進度。」

她皺眉搖頭，似乎還想說些什麼，手機鈴聲卻突然響起，她神祕兮兮地接起電話，走出急診室。

我坐在病床上等待Vivi回來。等了幾分鐘，病床邊的簾子毫無預警地被人拉開，身穿黑色西裝的官燁驚慌失措地衝到我身邊。

「韓卓琳！」我還沒反應過來，他已大力抱住我，如釋重負般貼在我耳畔低語：「幸好妳沒事……」

我瞠大眼，完全搞不清楚現在是什麼情況。

「官燁……你怎麼會在這裡？」

「妳的經紀人打電話給我，說妳拍戲時出了意外，重傷昏迷不醒……」他邊說邊鬆開手，上下打量過我一番，先是鬆了一口氣，隨即露出疑惑的表情。

Vivi打電話給官燁？什麼時候的事？

「昏迷不醒？」我舉起纏著綳帶的右手，解釋道：「今天要拍一場車禍的戲，替身臨時不能來，爲了不延誤拍攝進度，我便親自上場。拍攝過程是出了一點意外沒錯，但我只是受到皮肉輕傷……」

我越說越納悶，Vivi到底是在演哪齣？

「所以妳沒事？」官燁眉頭緊蹙，見我點頭，他頓時意識到自己被騙了，臉上一陣尷尬。

「韓小姐，您的傷口已經處理好了，如果沒有其他不舒服的地方，去櫃臺繳費領藥就可以離開了。」一名護理師走過來客氣道。

「謝謝。」我向她道謝。

護理師走開後，官燁又問：「妳要怎麼回去？」

「我經紀人應該會帶我回去，不過她不知道跑哪去了……」我邊說邊拿起手機，卻見Vivi兩分鐘前傳了一則訊息過來。

「跟官燁把話說清楚吧，我先走了。」

什麼？她居然就這樣把我丟在醫院？

我尷尬地扯了扯嘴角，「我經紀人好像先回家了……」

「我送妳回去。」他搶在我開口推拒前，上前提起我放在床邊的包包。

開車回家的路上，官燁始終專注在前方的道路上，沒有說話。我時不時會偷覷他一眼，但他全程面無表情，我實在猜不透他在想些什麼。

我只知道，我有好多話想跟他說。

送我回到家門口後，官燁將包包遞給我，似乎有話想對我說。我屏住呼吸，等待他開口，但最後他只說：「妳休息吧，記得定時換藥。」

語畢，他轉身朝自家門走去。

看著他逐漸走遠的背影，我握緊拳頭，再也按捺不住思念的情緒。

這回我不想再退縮了。

「就這樣？」我不甘心地大聲說：「你與家裡條件交換讓我成爲Bloom的代言人、特地在畢業典禮上送我花、聽到我出事就立刻趕來醫院……官燁，你如果不喜歡我，爲什麼要爲我做到這種程度？」

官燁腳步一頓，卻沒有轉過身，只繼續掏出鑰匙開門。我快步朝他走去，在他即將閃身入內、關上門的剎那，用手攔下。然而我忘了自己右手有傷，突來的碰撞撕裂了傷口，我忍不住悶哼一聲。

「妳沒事吧！」他連忙拉過我的手察看，只見雪白的紗布滲出幾滴血，他眼裡滿是心疼，輕聲問：「會痛嗎？」

這回我沒有故作堅強，肯定地點頭。

官燁牽著我走進他家，想替我重新處理傷口。我制止他去拿醫藥箱，不希望剛才的對話就這樣被擱置。

「你還沒回答我。」我直率地看著他，沒有了過去的逃避與害怕，「你說我們來自不同世界，是因爲我們家境懸殊嗎？」

官燁皺起眉，迎上我的目光，「在妳眼裡我是這種人？一個自以爲是的富二代，覺得妳的家世配不上我？」

難道不是嗎？

「韓卓琳……」官燁輕輕嘆息，眼神溫柔，嘴角的弧度卻帶著一絲苦澀，「我很喜歡妳，喜歡到像是快瘋了，每天滿腦子想的都是妳，我從來沒有過這種感覺。」

沒料到他會扔出直球，我瞠大眼，心跳猛然加速。

官燁給我的感覺永遠都是那麼沉穩內斂，彷彿所有的事情都在他的掌控之中，我從未見過他現在這副模樣，像極了一個被難題困擾的孩子，不知所措。

「我說我們來自不同的世界，並不是指我們家境的差距。我不在意妳出生於什麼樣的家庭，也不在乎妳父母親做什麼工作。我喜歡的是妳，與妳的家世背景無關。」

「那爲什麼……」

「因爲我的世界很複雜，我不想把妳牽扯進來，就連從小生長在這種環境下的我，都時常感到窒息、喘不過氣來，甚至想要逃走。跟我在一起，妳會受傷的。」官燁苦笑，修長的手指輕撫過我的臉龐，「以前我爸媽幫我安排的那些交往對象，我沒有對她們動心過，並不在乎她們的感受，但妳不一樣……」

他認眞地凝視著我，就像我是他這輩子最珍惜重視的人。

「我眞的很喜歡妳，喜歡到我不能想像如果我傷害到妳，我會多厭惡自己，光是想到妳哭的樣子，我的心就一陣難受。妳經歷過那麼多痛苦，妳値得一個能好好愛妳、好好對待妳的人。我自小就不曾體會被愛的感受，也不懂得如何愛人，我寧可我們不要開始，也不想見妳最後因我而受傷。」他撫著我的大掌是如此溫柔，語氣帶著疼惜。

我眼眶一熱，瞬間鼻酸。

明明官燁說的是我們不能在一起的理由，我卻覺得這是我聽過最動人的告白。

從小到大，面對所有的痛苦或攻擊，我總是習慣默默承受，就算疼也會說自己沒事。這是第一次有人怕我受傷，先爲我感到心疼，擔心我的感受。

「從妳走進我生命的那一刻，我彷彿得到了救贖。妳的勇敢和堅強，讓我明白了這個世界上有人爲了明天這麼努力。因爲妳，我也想要成爲一個更好的人。」他頓了下，「韓卓琳，妳對我來說太好了……」

我抿著脣，眼睛一眨，在眼眶裡打轉的淚水沿著臉頰滑落。

和申宇天分手，使我理解有些根深蒂固的觀念是擺脫不了的，就像從出生的那一瞬間起，就注定我在許多先天條件上都不夠好，而官燁不論是家世、學歷、外貌，都完美到無可挑剔，所以一直以來，我始終認爲自己配不上官燁，可是此刻他卻將我隱隱自慚形穢的那一面，視作爲我最美好的特質。

他看到的並不是我看似光鮮亮麗的外表，而是我的全部。

忽然間，我心裡的恐懼、不安、遲疑，全都變得無關緊要。

眼前這個人，是我想要在一起的人。

「我不怕。」我堅定地望著他，「我喜歡你，官燁。」

他微微瞠大眼。

「就算你的世界很複雜、就算我可能會傷痕累累、就算不知道我們能不能一起走到最後，我都想要跟你在一起。」我握住他的手，「只要有你在我身邊，其他的我都不在乎。」

只要能夠跟他在一起，就算前方的道路布滿荊棘，我也不害怕。

「你不是說我很勇敢嗎？」我微微一笑，故作輕鬆道：「你比誰都清楚我的過去，你覺得這點困難可以難倒我？」

官燁的眸光裡有激動，也有感動。下一秒，他伸手將我攬入懷中，緊緊地抱住我。

我抬頭，與他深邃的眼眸四目相望。這一刻，我們之間的距離消失了，世界彷彿縮成了瞳孔般的大小，我們眼中只有彼此。屋內陷入一片寧靜，耳邊只剩下彼此凌亂的心跳和呼吸聲。

「別推開我，好嗎？」我小聲呢喃。

剛才的告白已經用盡我所有勇氣，如果他拒絕我，我可能沒有辦法再次鼓起勇氣。

官燁擁抱著我的手臂一緊，「韓卓琳，妳不知道我有多想把妳留在我身邊。」

語畢，他單手輕捧起我的臉，低頭吻落。

不同上次帶些狂野的吻，這次他動作輕柔，連呼吸都小心翼翼，彷彿我是一樣需要細心呵護的珍寶。我緩緩闔上雙眼，感受他唇瓣的溫度，以及那些被他藏匿在心底的情感。

良久，他才緩緩退開。

我睜開眼，雙頰燥熱，下意識咬住下唇。

內心深處，我不希望他就此停止。

「別露出這種表情……」官燁沙啞的嗓音流露出一絲壓抑，「我不是聖人。」

聽他這麼說，我伸手揪住他的衣領，主動吻上他的唇。

官燁愣了幾秒，接著長臂一伸，將我圈入懷中，另一手托住我的下頷，加深了這個吻，炙熱的氣息將我的心神全部勾去。

我們越吻越激烈，都沒有要停下的打算。我感覺四周溫度逐漸攀升，耳邊迴盪著急促的喘息以及衣服摩擦的聲響，我思緒一片空白，只能依靠身體的本能反應。

一路從客廳吻到了主臥室，脫下的外衣凌亂地散落在地上，官燁一把將我抱上大床，正當我們解開彼此最後一層衣物時，我身上的大片瘀青卻令他眉頭一蹙，停下動作，眼中的慾火退去，換上滿滿的心疼。

「啊……」我尷尬地解釋，「今天拍戲被車子撞了幾次，看上去好像有點嚴重，但其實沒有很痛。」

他皺眉不語，溫柔地幫我穿回衣服，輕聲道：「我們慢慢來吧。」

那天晚上，他抱著我入睡，替我阻擋了夜晚的夢魘和恐懼。依偎在他厚實可靠的懷裡，我再確定不過，這就是我想要的幸福。

隔天早上醒來，官燁依舊躺在我身邊，他的眉間不再糾結，熟睡的面容表情平和。

原來睜開眼就可以看到喜歡的人，是這麼美好的事。

我忍不住伸手撫摸他的臉，想再次確認一切並非我的幻想。他身子輕輕動了下，接著緩緩睜開雙眼，迎上我的視線。

「對不起，吵醒你了？」

他睡眼惺忪，望著我的眼裡有著淺淺笑意，「醒來能夠看到妳，是件很幸福的事。」

這不是跟我想的一樣嗎？

「我也是。」我嘴角勾起笑。

不論今天多麼痛苦艱難，只要明天醒來，他在我身邊，那就足夠了。

其餘的，都不重要。

✦

我和官燁並未對外公開戀情，而是選擇低調。這段感情得來不易，我們都想小心守護它。

我們之間沒有太多甜言蜜語，但相處的每一分每一秒，我都能感受到確切的幸福，我想要好好珍惜跟他在一起的時光。

官燁就像一面可靠的護盾，爲我擋下危險與攻擊，不讓我受到傷害，只要有他陪伴，就算未來的路上充滿挑戰，我也不怕。

與他在一起後，我的生活沒有劇烈的轉變，卻也與先前略有不同。

官燁正式進入Bloom集團的戰略計畫部門工作，也正式向學校提離職。校方有意讓他成爲兼任教授，但官燁婉拒了，他不認爲自己能同時兼顧兩邊。

每次一想到官燁是爲了讓我成爲代言人，才決定回去繼承家業，我心裡就會浮現一股罪惡感。

雖然他在商業經營上顯得游刃有餘，但我知道他對此並沒有太多熱忱，他眞正想做的事始終都是教書。

「你會後悔嗎？爲了我放棄當老師……」我感到自責。

「妳想太多了。」官燁摸摸我的頭，「接管家業是我在認識妳之前就決定好的，只是我一直逃避面對罷了，能夠爲了妳下定決心做出這個選擇，我覺得很值得。」

聽他這麼說，我不禁一陣感動，我到底哪裡值得他對我這麼好？

「……你爸媽會接受我嗎？」

這是長久埋在我內心深處的擔憂。官燁不在乎我們的背景差距，不代表他的父母也不在乎，在兩人世界外的現實，是很殘酷的。

「妳年紀輕輕，沒想到思想卻意外地古板，是電視劇拍太多了嗎？」官燁挑眉。

我抿了抿脣，低下頭，用幾不可聞的音量說道：「因爲我眞的很喜歡你，我沒辦法不去想這些……」

他握住我的手，「妳對我的信心就這麼一點？」

我重新抬起頭，官燁溫柔卻堅定的眼神，平撫了我心中的不安。

「當我決定回去的時候，已經和我爸媽提出條件，希望他們不要再干涉我的私生活。」他抱著我，在我耳邊低語：「爲了妳，我可以放下喜歡的教學工作；所以如果得爲了妳，放棄我本來就沒放在心上的公司，或是那個我從以前就想逃離的原生家庭，我也無所謂。」

聽他這麼說，一股強烈的悸動湧上我的心頭。

「可以相信我嗎？」他淺淺一笑。

「嗯。」我點頭。

不管未來是否眞的可以如官燁所言，有他這番話就足夠了。

原本以爲官燁在感情上會是屬於木訥的類型，但他意外地體貼，讓我感覺自己就像是他捧在掌心裡小心呵護的公主。

例如，要是我拍戲得拍到很晚，他不論隔天早上是否有晨間會議，都會特別到片場接我回家；以及他知道我怕黑，晚上睡覺時，都會特地將臥室的燈打開，然後把我抱入懷裡，確認我睡著後才入睡。

這樣的習慣持續了一陣子，某天晚上睡覺前，我對他說：「把燈關掉吧。」

他眼裡閃過一抹訝異。

「我發現有你在，我好像什麼都不怕了。」我淡淡一笑，「只要醒來的時候能看到你，我就覺得很安心。」

那天晚上，我終於擺脫了那個糾纏我快二十年的夢魘。

與官燁交往後，最讓我驚訝的是在他高冷的外表下，隱藏著意外可愛的一面。

《最後九十天》確定在年底開播，首支預告上週在網路上釋出，媲美電影般的拍攝手法引起一波熱烈的討論，第一天點擊就破百萬。

我和少良哥在劇中激吻的畫面也被剪進預告裡。由於我過去飾演的角色都走文藝清新格線，這次的角色對來我說是一大突破，加上我和少良哥在年齡上有一段差距，意外的CP組合也成爲另一看點。

某天晚上，我和官燁坐在客廳看電視，正好看到《最後九十天》的預告。

我手指螢幕，驚喜道：「是我耶。」

下一秒，畫面切入我和少良哥在巷子裡擁吻的橋段。

我一愣，側頭看向官燁，他一聲不吭，眉間卻多了一絲皺痕，臉部肌肉似乎微微抽搐。

「官燁……」我努力忍住笑意，「你的臉還好嗎？」

「這部電視劇的尺度這麼大？」

「這樣會大嗎？」我開玩笑地問：「怎麼？你吃醋了？」

他冷淡地掃了我一眼，沒有接話。

見狀，我不禁偷笑，覺得他的反應很可愛，快速湊過去輕啄了下他的臉頰。

「就這樣？」官燁不悅地挑眉，「妳跟他熱吻，給我就這麼一點？」

「不、不然要怎樣？」我耳根子瞬間一熱。

他脣角勾起，一手按住我的後腦勺，低頭吻上我的脣。

不同於我剛才的蜻蜓點水，他熱切地吮吻著我的脣，不讓我有逃脫的機會。我被吻得意亂情迷，完全失去思考能力，整個人軟趴趴地癱在他的懷中，任他擺布。

良久，他臉上露出滿意的表情，「這樣。」

我雙頰一熱，連忙低下頭，小口小口地喘息。

明明他一副溫文儒雅的樣子，沒想到霸道起來會要人命。

還是別告訴他這部電視劇有床戲好了。

✦

沉溺在幸福裡，時間似乎也過得特別快。

轉眼間，季節邁入初秋，綠葉逐漸枯黃，秋天的涼意搧走了夏季的炙熱，官燁的心情似乎也跟著變化。最近他總是神情緊繃，雖然他沒有明說，但我猜得到原因。

他的生日馬上就要到了。

回想起去年他生日當天所發生的事，我心裡就一陣緊張，每晚入睡前，我都會緊緊握著他的手不放，怕他會趁我睡著的時候，做出傷害自己的舉動。

雖然我跟官燁一樣，都因爲過去的陰影而沒有慶祝生日的習慣，但我也不想刻意故作不知，把他的生日當成普通的一天，隻字不提。

究竟有什麼方法能幫助他走出陰霾？

我不知道。我只知道不管發生什麼事，我都想陪在他身邊。

「這個週末，我們出去玩好嗎？」我向官燁提議。

他臉上閃過一抹微微的訝異，似乎可以猜到我提出這個邀約的原因，莞爾點頭，「好。」

官燁生日前一晚，我們開車上陽明山，來到我事先預訂的民宿。

進到房間，卸下行李，我上前環抱住他的腰際，「今晚早點休息，明天要早起。」

我沒有告訴他明天的計劃。

「多早？」他回抱住我，輕聲問。

「大約凌晨四點半，可以嗎？」我微笑，「我想看日出。」

「嗯。」他寵溺地摸了摸我的頭。

那天晚上，我緊抱著他入睡，希望能藉此幫他分擔一些壓力。

隔天鬧鐘響起時，我揉揉惺忪的睡眼，發現官燁早已清醒，還梳洗準備好了。

「你這麼早就醒了？」我跳下床，「我馬上就好。」

「慢慢來，不急。」他拉住匆忙要往浴室衝去的我。

二十分鐘後，我們便出發前往看日出的觀景臺。山上清晨溫度偏低，即便穿著厚外套，我的雙手還是被凍得冰涼，忍不住搓著手掌取暖。

見狀，官燁一把牽起我的手，放入他的外套口袋。

他掌心傳來的溫度使我暖和了起來，我看向他，對他淺淺一笑。

站在觀景臺上放眼望去，天空東邊漸漸浮現橘紅色的光芒，渲染了整片天空，美麗的景色讓我嘆為觀止。

我轉過頭想與官燁分享，卻發現他沒有在看日出，而是在看我，眼中充滿柔情。

「官燁，我知道今天對你來說是痛苦的一天，但只要你願意，不管發生什麼事，我都會陪在你身邊。」我握住他的手，「如果可以，我希望未來的每一天，我都可以陪你看日出日落，一起迎接明天，所有的艱難與痛苦，我們都一起承擔，好嗎？」

聞言，官燁眼裡泛起一絲波瀾，溫柔地將我攬入懷中，低聲道：「謝謝妳……」

我也抱住了他，共同享受這美好的瞬間，那些過往的陰霾似乎都隨著陽光照亮大地而消散。

良久，他輕輕鬆開手，清澈的眼眸直視著我。

「我愛妳。」

我睜大眼，心臟漏跳了一拍，有幾秒鐘甚至忘了呼吸，完全沒有料到這句話會先從官燁的口中說出來。

「可以再說一次嗎？」我貪心地要求。

「我愛妳，韓卓琳。」官燁又說了一次，沒有一絲遲疑，嘴角彎起發自內心的笑，「因爲妳，我開始期待明天的到來，只要那個明天裡有妳就好。」

「我也愛你。」我將他此刻的笑顏盡收眼底，並在心裡期盼以後的每一天，他都可以繼續這樣笑著。

和官燁並肩同行，無論前路如何困難，都會有美麗的風景在盡頭等著我們。

以前我總是告訴自己，不管世界再怎麼殘酷，我都必須要打起精神振作，因爲明天太陽還是會升起，時間不會因爲今天的悲傷而停留。

可是現在我明白，世界的美好與否，取決於和你共度時光的那個人是誰。

就像有他的明天，永遠都會是晴天。

官燁，謝謝你來到我的世界，成爲讓我期待明天的理由。

全文完

番外：初次見面前

「祝你生日快樂……」

歌曲的最後一個音落下，我逼自己提起嘴角，「爸、媽，謝謝你們。」

「生日快樂，二少爺。」李叔將精緻的蛋糕端到我面前。

母親笑道：「寶貝，許願吧。」

看著蛋糕上的二十九歲蠟燭，我心知肚明，不論是母親溫柔的笑容、那聲「寶貝」，甚至是眼前的巧克力蛋糕，都不屬於我，那是哥哥喜歡、我卻討厭的口味。

放在餐桌下的手悄悄握緊，一陣窒悶攀上胸口，我知道症狀又要犯了，於是連忙闔上眼，將這一幕隔絕在視線外，假借許願的空檔平撫紊亂的心跳。

再次睜開眼，我將蠟燭吹熄，大家跟著拍手，我卻沒有喜悅的感覺。

從小到大，每年生日的家庭聚餐是不變的慣例，哥哥離開後，變成用來紀念他的一天。

然而即使哥哥再也無法參與，我卻依然強烈感受到他的存在，生日這天對我來說宛若煉獄，總是提醒著我，我能夠一年一年變老，是因爲我的懦弱、他的勇敢。

「你跟徐婕最近還好吧？」父親問：「她今天怎麼沒來？」

父親晚上要飛美國出差，今年的慶生宴提前至中午舉行，整場聚餐，我們的互動像是陌生人般生疏。

「她中午有事。」我簡單解釋。

一想到徐婕晚上也訂了餐廳要慶祝，我就感到煩悶。

「她是個好女孩，外貌、學歷、家世都無可挑剔，徐家對我們集團也有很大的助益，你別再搞砸了。」父親一臉嚴肅，「還有，年底的慈善晚宴，我希望你可以出席，是時候讓大家認識你了。」

「爸……」我擰起眉，猜到他接下來會說什麼。

「盡早把學校的工作辭了，回來公司上班。」父親威嚴的口氣不容許我拒絕。

果然。

沉默半晌，我緩緩說道：「爸，我很喜歡教書……我不想辭職。」

「你說這什麼話！」父親氣得大力拍桌，「這間公司是我和你爺爺一輩子的心血，這個家因爲它所失去的，你最清楚！我不可能把公司交給外人，如果你還有一點責任感，就別在外面浪費時間，早點回來學著接手。」

氣氛頓時轉爲緊繃，李叔和幾個傭人紛紛別開臉，他們習慣了看到我難堪，也學會留給我些許尊嚴。

我握緊拳頭，指甲掐入掌心。即便想要反駁，卻半個字都吐不出來，內心深處，我知道父親說的沒錯。因爲哥哥的犧牲，我活了下來，所以這是我的責任。

可是，我還是那個懦弱的我。

「抱歉，我接個電話。」

丟下這句話，我起身離席，卻沒有躲過背後傳來的刺耳言語。

「官燁這孩子，明明這麼聰明，出國念了哈佛，卻跑去當老師。」

「他從小性格就這樣，搞不懂他在想什麼。」

「要是當初活下來的是小樹就好了……」

這些話不知道聽過多少遍，但每次聽見，卻依然像利刃般刺進我的心。我感覺有一雙隱形的手緊緊掐著我的脖子，如同十三歲那年的那個晚上，讓我感到窒息。

回到住處後，我打開音響，讓古典音樂的旋律流洩一室，接著打開一瓶紅酒，一杯接著一杯飲下。酒精逐漸占據理智，深植內心的罪惡感仍舊清晰。

哥哥離開前的笑容、母親歇斯底里的哭吼、父親失望至極的神情，在腦海中交錯推擠，我頭很痛，痛到無法呼吸。

拿起用來拆包裹的美工刀，我毫不猶豫地在手腕淺深不一的疤痕上用力劃下一刀。看著鮮血由傷口流出，積累在心中的痛苦彷彿就此釋放，呼吸慢慢恢復順暢，意識卻越漸模糊，最後墜入黑暗。

再次睜開眼，原以爲這次會像過去一樣，我會獨自在家裡醒來，自行處理好傷口，戴上手銬掩蓋，假裝一切如常地繼續生活……可是這次不同。

白色的天花板、刺鼻的消毒水味、忙碌的聲響……我在哪裡？

「官燁。」

身側響起熟悉的嗓音，扭頭一看，只見高醫師滿臉擔憂地站在床邊。

「高醫師……」我緩緩開口，喉嚨一陣乾澀，舉起手想擋住刺眼的燈光，發現手腕被人纏了一圈繃帶，「是妳帶我來醫院的？」

「不是，我昨天在南部參加研討會，今天一早才趕回臺北。」高醫師搖頭，「同事說是一名年輕女子帶你來的，好像是你的鄰居？聽說她在這裡待了一整晚，清晨才離開。」

鄰居？年輕女子？我努力思考，卻沒有半點印象。

「官燁，你最近還好嗎？」高醫師語氣柔和。

面對她的問題，我沉默地垂下眼簾，羞愧的情緒席捲而來。

十二歲那年，我因爲遭人綁架有了心理創傷，開始接受高醫師的治療。

揮之不去的夢魘、無法克制傷害自己的衝動……這些都只有高醫師知情，她就像我的家人，是我最信任的長輩。

出國留學、逃離家裡之後，我的症狀明顯改善許多，但一回到臺灣，來自家裡的壓力、過往痛苦的回憶，卻輕而易舉地抹去我們多年的努力。

「官燁，有空跟我約個時間聊聊吧。」高醫師握住我的手。

她沒有流露出任何不耐的神情，但我知道，我又讓另一個人失望了。

請假休息幾天後，我重新回到學校。

手腕上的傷口已經癒合，我也刻意不去多想那天的事，以爲生活又會繼續這樣下去，沒想到一個意想不到的人卻找上了我。

「老師，我想您可能對我沒有印象，不過我剛搬到您住的大樓，是您的鄰居。上禮拜是我打電話叫救護車送您去醫院的。」

看著眼前自稱是小有名氣的演員的女學生，我表面上故作冷靜，心跳卻不受控地變快，我最懦弱不堪的一面，全被這個陌生人看到了。

我怕她會把這件事告訴其他人，所以和她做了交易，我答應讓她加選我的課，希望她能信守承諾，守口如瓶。

當時的我完全沒有料到，這麼多年來我反覆問自己的問題——究竟怎麼做，才能停止用傷害自己的方式，苟延殘喘地活下去？

最後竟會是她給了我答案。

番外：空白的記憶

望著窗外隨著車子快速行駛而變換的景色，我看了一眼手腕上的錶。已經凌晨兩點多了。

原本預計兩個小時的聚餐，莫名奇妙延長到現在，今晚的夜格外地長，究竟什麼時候才要結束？

忽然，我感覺手臂上一重，低頭一看，那個醉得不醒人事的女人微微靠在我身上，雙眉緊蹙，似乎不太舒服。

我皺起眉，無奈地嘆了口氣。

她前一秒才說要回家，結果下一秒居然就跟其他學生喝開了。

在餐廳看到她與粉絲的互動，就猜想得到她是個不會拒絕別人的人，只是沒想到她還連一點危機意識都沒有，明明酒量不好，卻還是任由別人灌她酒，喝到站都站不穩了還不知道停止。

剛才幫她擋下數杯烈酒，我的頭又開始隱隱作痛。

離開急診室那天，我才答應高醫師這陣子不會再碰酒精，不料這麼快就爲了她破戒。

緊接著，剛才韓卓琳在KTV對我說過的話再次迴盪在耳邊。

「官燁，你有一張那麼好看的臉、那麼好的學歷、那麼漂亮的女朋友，還有那麼多崇拜你的學生，爲什麼要這樣傷害自己？我眞的想不通。」

因爲只有這樣，我才能活下去。

這陣子由於和徐婕分手，與家裡鬧得不開心，我不禁再次陷入負面情緒的漩渦中，直到身旁的她忽然全身一震，才讓我回過神來。

「嗚……」她一陣低嘔，我來不及反應，災難已經發生。

……這女人居然吐了我一身。

計程車司機也注意到情況不對，嘴裡咒罵了幾句我聽不懂的台語，將車子停靠在路邊，回頭就要對我破口大罵，「我告訴你——」

「眞的很抱歉。」我搶先一步說，並拿出皮夾，將裡面剩餘的幾張千元大鈔全遞過去給他，「我朋友喝醉了，不好意思帶給你這麼多麻煩。」

司機一下子啞口無言，和我乾瞪眼半晌，才默默收下鈔票，不耐煩地把我們兩人趕下車。

計程車駛離後，罪魁禍首坐在路邊的長椅上，再次嘔吐在一旁的花叢中。

我脫下身上沾了她嘔吐物的外套，煩躁地扔進公共垃圾桶，便轉身離開，不想再理會這個毫無責任感的女人。

然而，才走了幾步路，身後就傳來一道微弱的聲音。

「我到底做錯了什麼……」

聞言，我的心猛然一抽，腳步停下。

我不也常這樣想嗎？

我做錯了什麼？

不想繼承公司，想當老師，錯了嗎？

不想跟爸媽安排的對象交往，錯了嗎？

成爲活下來的那個人，錯了嗎？

也許，眞的錯了吧。

我閉上眼，深呼吸，想狠下心繼續走，身後的啜泣聲卻越來越清晰，讓我無法忽視。

轉過身，只見韓卓琳雙手摀著臉，纖細的身軀看上去弱不禁風，我頓時心下有些不忍，這樣將她遺棄在路邊是不是太冷血了？更何況她還是公眾人物。

躊躇片刻，我嘆了一口氣，往回走去。

「韓卓琳。」我蹲下與她平視，笨拙地拍了拍她的肩，「別哭了。」

她慢慢抬起頭，那張畫著淡妝的精緻小臉布滿了淚水，「活著好累……」

「是。」我無奈道：「但還是必須活著，人生不就是這樣嗎？」

就算對明天沒有期待、就算活得很艱辛、就算得用最不健康的方式才能度過每一個痛苦的夜，也仍然要活下去。

「我什麼都沒有了……」她喃喃道，「死了……就不用再承受這些痛苦了吧？」

我一怔。

初次見面時，她像個莽撞的孩子，眼睛清澈明亮，彷彿不曾受過這個世界的一絲傷害，所以才能理直氣壯地質問我為何輕生。然而此刻的她，眼神空洞茫然，像對這個世界感到無盡的絕望。

我緩緩開口：「韓卓琳，妳在KTV對我說了那些話，那妳自己呢？妳有著亮眼的外型、有喜歡妳的影迷，這麼輕易把死亡掛在嘴邊，不覺得辜負了那些在乎妳的人嗎？」

她沒有回應，只愣愣地望著我。

看著她迷茫的雙眼，我知道她不會記得任何一句我說的話。

我懊惱地扶額，覺得這樣多管閒事的我，還眞不像我。

只是想起韓卓琳適才在聚餐時，提到她家裡的情況，我又忍不住猜測，或許在她光鮮亮麗的背後，還有更多不為人知的無奈與傷痛。

看來我犯了跟她一樣的錯，不是表面上看起來生活無虞的人，就一定能過得好。

「不要再說這種話了，別人聽到會傷心的。」我也不知道自己為什麼要跟一個喝茫的小女生講這些，也覺得這些話從我這種人嘴裡說出來，實在諷刺。

「對不起……」她抿著唇，眼中依然閃爍著淚光。

「小心點。」見她左右搖晃，好像隨時都會往地上倒去，我連忙伸手扶住她，力道卻沒控制好，她整個人跌入了我的懷裡。

她的臉貼著我的胸膛，久久沒有動靜，似乎是睡著了。

這裡距離家裡至少還有一公里遠，她又醉得不醒人事，就算有計程車經過，也不見得願意載客。

猶豫半晌，最後我小心翼翼地背起她，打算慢慢走回家。

雖然在父母親的安排下交過幾個女朋友，但我總是沒辦法自在地和她們親密接觸，擁抱、親吻都讓我渾身緊繃，卻又必須勉強自己扮演體貼男友。

可是背著韓卓琳，我卻完全沒有那種不自在的感覺。

「以後別喝酒了……」我低喃。

像是聽見我的話似的，她輕輕動了一下，抱著我頸肩的雙手抱得更緊了一些，像抓著汪洋中的浮木一樣，深怕會失去依靠。

漫步在安靜無人的深夜街道上，耳邊只剩下她微弱的呼吸聲，我開始好奇她流淚的原因，胸口微微緊縮。

這是頭一次，我起了心疼別人的念頭。

「妳什麼錯都沒有……妳已經做得很好了，韓卓琳。」我低聲安慰她，想讓她別再露出那麼傷心的表情，並下意識加深了抱著她的力道。

反正，她也不會記得。

後記

最意想不到的收穫

二〇二〇年之前的我，大概從來沒有想過還會有第二次寫實體書後記的機會。自二〇一八年出版了《噓，別告訴我》之後，我隨即步入職場，並深刻體會到爲什麼大人總是說「學生時代是最幸福的時光」。我的生活狀態和心態都因開始工作而有所改變，寫作這個興趣也因此被我完全擱置在一旁，每次瞥見書櫃上的小說，總是會在心裡默默感嘆：也許我寫作上的巔峰就是這樣了吧？

然而，二〇二〇年新冠病毒席捲而來，打亂了全世界的節奏，身處在美國的我，面對政府下令強制民眾居家隔離，關閉大多數店家，公司也改成了在家上班，這些突來的改變和對於未來的茫然未知，都讓我感到害怕和迷惘。每天關在家裡，我突然多了許多時間，追劇之餘，我決定再次提筆，甚至二度參加華文創作大賞。

《有你的明天》其實早在二〇一五年就略有雛形，只不過當時故事的設定和現在有些不同，我寫了幾千字就寫不下去，直到去年起意想要參加比賽，偶然間在檔案夾裡看到這份草稿，靈感湧現，才決定將它寫完，也給了這個故事全新的面貌。

爲了趕在比賽截止前完稿，再加上當時工作所需，住在加州的我必須配合東岸的上班時間，幾乎早上六點就得起床，下午三點結束工作後，再拚命寫文到晚上。如果不是因爲疫情，使我得以在家工作，我想我是不可能會有這樣的毅力和時間寫稿。如今看到這個在隔離期間產出的故事即將出版，我很慶幸去年我做出了繼續寫作這個決定，並且努力了一回，也算是在這混亂的一年裡，最意想不到的收穫了。

《有你的明天》架構並不複雜，我一直都想寫一個雙向救贖的故事，也在角色的設定上加入了許多我個人喜愛的元素。不論是官燁或是卓琳，都是外表看似亮麗，內心卻非常悲觀的角色。官燁用傷害自己的方式來得到解脫，卓琳則是洗腦自己不管今天再怎麼痛苦，還是要面對明天，直到兩人遇見對方，成爲了彼此期待明天的理由。

過去這一年，我相信對許多人包括我而言，都是非常艱辛的一年。不論是疫情、失業率、或是生活上的巨大轉變，「明天」似乎成了令人害怕的未知。幸好在二〇二一年寫下這篇後記時，世界似乎正在慢慢恢復正常了，有種終於撥雲見日的感覺。二〇二一年的我也面臨著不同的挑戰，每每遇上不順心的事情時，我也總是安慰自己，明天會更好的。雖然有些老梗，但我深切相信，只要是和對的人在一起，不論生活再怎麼困苦，世界也會是美好的。也希望閱讀這個故事的讀者，都能夠找到那個讓你們期待明天、陪你們一起度過困難的人。

最後，我很開心去年回歸到POPO原創這個大家庭，不但和眾多老朋友重新搭上線，也認識了不少新朋友。將近三年沒有寫文，我剛回來時心情非常忐忑，很幸運的是，這個故事在連載期間得到許多人的鼓勵和喜愛，這樣溫暖的人情味，也是POPO原創這個平台最可貴的。

在這裡，我想要特別向我的好朋友——宕，說聲謝謝，感謝身在台灣的他總是陪我一起過加州時間，在我枯燥乏味的一年裡帶給我許多娛樂，也在寫作上幫助我良多，尤其當《有你的明天》進入校稿階段時，不論是在文字上或是劇情上，他都給了我很多建議，讓這個故事變得更好。另外，我也想要謝謝總編馥蔓，她眞的是我寫作路上的貴人，促成我的故事得以出版，也幫助我意識到一些寫作的問題，使我成爲一個更好的寫作者。

最後，謝謝翻開這本書的你。希望這個故事能夠帶給你一絲感觸或溫暖，也希望未來，我能夠有機會再帶來更多作品！

雨菓

國家圖書館出版品預行編目資料

有你的明天／雨菓著. -- 初版. -- 臺北市 ： 城邦原
創股份有限公司出版：英屬蓋曼群島商家庭傳媒
股份有限公司城邦分公司發行, 2021.05
面；公分. --

ISBN 978-986-06165-5-2（平裝）

863.57　　　　　　　　　　110006775

有你的明天

作　　者／雨菓
企畫選書／楊馥蔓
責任編輯／楊馥蔓

行銷業務／林政杰
總 編 輯／楊馥蔓
總 經 理／伍文翠
發 行 人／何飛鵬
法律顧問／元禾法律事務所　王子文律師
出　　版／城邦原創股份有限公司
台北市中山區民生東路二段 141 號 6 樓
電話：(02) 2509-5506　傳眞：(02) 2500-1933
E-mail：service@popo.tw
發　　行／英屬蓋曼群島商家庭傳媒股份有限公司城邦分公司
聯絡地址：台北市中山區民生東路二段 141 號 11 樓
書虫客服服務專線：(02) 25007718．(02) 25007719
24小時傳眞服務：(02) 25001990．(02) 25001991
服務時間：週一至週五09:30-12:00．13:30-17:00
郵撥帳號：19863813　戶名：書虫股份有限公司
讀者服務信箱 email：service@readingclub.com.tw
城邦讀書花園網址：www.cite.com.tw
香港發行所／城邦（香港）出版集團有限公司
地址：香港灣仔駱克道 193 號東超商業中心 1 樓
email：hkcite@biznetvigator.com
電話：(852)25086231　傳眞：(852) 25789337
馬新發行所／城邦（馬新）出版集團 Cité(M)Sdn. Bhd.
41, Jalan Radin Anum, Bandar Baru Sri Petaling,
57000 Kuala Lumpur, Malaysia.
電話：(603) 90578822　　傳眞：(603) 90576622
email:cite@cite.com.my

封面設計／Gincy
電腦排版／游淑萍
印　　刷／漾格科技股份有限公司
經 銷 商／聯合發行股份有限公司
電話：(02)2917-8022　傳眞：(02)2911-0053

■ 2021 年（民 110）5月初版　　Printed in Taiwan

定價 / 280元

ISBN　978-986-06165-5-2